La Chronologie des rois de France

Castor Doc
Collection animée par François Faucher,
Hélène Wadowski et Martine Lang

Une production de l'Atelier du Père Castor

Mise en page : Maryse Claisse
Recherche iconographique : Céline Hully

La Chronologie des rois de France

Jean-Benoît Durand

Illustrations de Raïssa Lanéelle

Castor Doc Flammarion

Jean-Benoît Durand,
l'auteur, est né à Arras en 1971. Après des études de philosophie, d'arts plastiques et de journalisme, il est aujourd'hui rédacteur en chef adjoint du *Petit Quotidien.* (Play Bac Presse). Il a déjà publié dans la collection Castor Doc : *BD mode d'emploi*, D28.

Raïssa Lanéelle,
l'illustratrice, est née à Cherbourg en 1975. Elle obtient en 1997, après un bac d'arts appliqués, son diplôme d'illustration à l'École supérieure Estienne à Paris. Illustratrice à plein temps, elle se consacre aussi au graphisme et à la photographie, ses passions essentielles. Et entre deux images, elle rêve de voyages, d'un bout de nature préservé dans son pays ou en Italie.

La Chronologie des rois de France

Cet ouvrage retrace l'histoire des cinq dynasties qui ont régné sur la France : les Mérovingiens, les Carolingiens, les Capétiens, les Valois et les Bourbons.

De Childéric, en 460, à Louis-Philippe, le dernier roi emporté par la révolution de 1848, pendant près de 1 500 ans, les rois se sont succédés, marquant avec plus ou moins de bonheur ou de force la destinée du peuple français. Certains sont restés dans les mémoires, d'autres ont vite été oubliés.

Sommaire

1 Les Mérovingiens page 9

2 Les Carolingiens page 21

3 Les Capétiens page 35

4 Les Valois page 53

5 Les Bourbons page 81

6 Après la Révolution page 105

7 Les derniers rois page 113

Les sites à visiter en France page 119

Bibliographie page 121

Index page 123

1. Les Mérovingiens

Depuis le Ier siècle avant Jésus-Christ et durant quatre siècles, la Gaule est sous la domination romaine. Mais en 406, des peuples « barbares » envahissent la Gaule. 70 ans plus tard, trois peuples occupent l'essentiel du pays : les Wisigoths au sud-ouest, les Burgondes au sud-est et les Francs* au nord.

Clovis.

Pour les Romains, les barbares étaient les peuples étrangers qui parlaient une langue qu'ils ne comprenaient pas.

*Le nom « Franc » vient du germanique *Frekkr* qui signifie « libre, hardi ».

C.N.M.H.S., Paris © Spadem/Lonchampt - Deleheye

L'Histoire du fort roy Clovis, détail. Milieu du XVe siècle. Tapisserie. Reims, palais du Tau, Trésor de la cathédrale.

Les historiens ne sont pas certains de l'existence du chef franc Mérovée. Peut-être était-il le père du roi Childéric. Quoi qu'il en soit, c'est lui qui va donner son nom à la dynastie mérovingienne.

*Parmi le butin de la bataille de Soissons, un magnifique vase attire l'attention de Clovis. Alors qu'il demande qu'on le lui réserve, un soldat jette le vase à ses pieds, en signe de protestation. Un an plus tard, Clovis retrouve le soldat rebelle et lui fracasse la tête avec sa hache en disant : « Ainsi as-tu fait au vase de Soissons » !

Clovis, le premier roi de France

Descendant de Mérovée, Childéric Ier règne sur une partie des Francs dès 460. Il décide d'installer sa capitale à Tournai, une ville qui se trouve aujourd'hui en Belgique. En 481, son fils Clovis lui succède. Il a environ 15 ans. Excellent guerrier, il détruit les derniers camps romains pendant la bataille de Soissons*, en 486, et étend sa domination en France du Nord. En 496, il attaque et repousse les Alamans au-delà du Rhin. Puis, en 507, il écrase Alaric, le roi wisigoth, à Vouillé, près de Poitiers, et prend le contrôle d'une grande partie de la Gaule.

Un roi chrétien

À la grande joie de sa femme Clotilde qui est chrétienne, Clovis se convertit au christianisme et se fait baptiser vers 500, à Reims, devant des milliers de guerriers. Désormais, Clovis peut compter sur le soutien de l'Église et l'appui des nobles qui rêvent d'un grand royaume chrétien en Gaule. En 511, à la fin de son règne, il réunit les évêques et leur annonce qu'ils ne pourront plus être élus sans autorisation du roi. La même année, le 27 novembre, il meurt à Paris, la ville qu'il a choisie pour capitale peu de temps auparavant.

Baptême de Clovis. *Histoire de France des Écoles Primaires*, S. Viator et C. Francillon.

La conversion de Clovis est sincère. La légende veut qu'il ait pris cette décision alors qu'il était en difficulté dans la bataille de Tolbiac contre les Alamans. Il aurait promis de croire en Dieu s'il remportait la victoire.

Les descendants de Clovis

À la mort de Clovis, ses quatre fils – Thierry, Clodomir, Childebert et Clotaire – se partagent le royaume, comme le veut la tradition franque. Mais cette tradition ne va pas sans inconvénient. Car le partage s'accompagne de son lot de rivalités et de

À la mort de Clodomir, en 524, ses trois frères en profitent pour se débarrasser des nouveaux héritiers gênants. Ils font assassiner les enfants de Clodomir et se redistribuent l'héritage !

discordes. Toutefois, les Francs s'unissent encore pour s'emparer de la Burgondie, en 534, et de la Provence, en 537.

Le partage du gâteau

En 558, ses frères étant tous morts, Clotaire se retrouve seul roi. Il parvient à rassembler les terres franques partagées avec ses frères à la mort de Clovis. Le royaume ressemble alors à la France d'aujourd'hui (à l'exception de la Bretagne et de la Septimanie – l'actuel Languedoc-Roussillon). Mais l'unité est de courte durée puisqu'à sa mort, en 561, le royaume est à nouveau partagé entre ses quatre fils et, après la mort de l'un d'eux – Charibert, en 567 – sa part est divisée entre les trois autres ! À partir de ce moment-là, le pays se morcelle en trois royaumes tantôt unis, tantôt séparés : l'Austrasie à l'est, la Neustrie à l'ouest et la Bourgogne (l'ancien royaume de Burgondie) au sud-est…

Une belle pagaille !

Dans les années qui suivent la mort de Clotaire, c'est la pagaille ! Chilpéric Ier, le roi de Neustrie, épouse la belle Galswinthe (la sœur de la femme de son frère Sigebert qui gouverne l'Austrasie), en 568. Mais il est déjà marié à Frédégonde, très jalouse, qui lui rend la vie infernale. Redoutant que Galswinthe ne retourne chez elle avec sa dot, il la fait étrangler. Brunehaut, la sœur de la reine assassinée, fait la promesse de la venger. C'est le début d'une lutte sans merci entre les deux frères, Sigebert prenant le prétexte de sauver l'honneur de sa famille pour essayer de voler le trône de Chilpéric ! Après 50 ans de guerres et de meurtres, le fils de Frédégonde et Chilpéric, Clotaire II, fait prisonnière la vieille reine Brunehaut et la condamne à être traînée, attachée par les cheveux, à la queue d'un cheval lancé au galop.

L'apogée de la période mérovingienne

Parmi les rois Mérovingiens, Clotaire II réussit à mettre un peu d'ordre et à rétablir l'unité du royaume de Clovis. Mais obligé de faire des concessions aux seigneurs, il nomme dans les trois grandes provinces des maires du palais* qui deviendront, petit à petit, de plus en plus puissants. À sa mort, son fils Dagobert prend la relève. Il renforce l'unité du pays, associe à la Couronne le royaume d'Aquitaine et devient le seul roi des Francs. Les seigneurs et les évêques n'ont pas d'autre choix, pour le moment, que de lui obéir.

*Les maires du palais étaient les chefs de la garde et de l'administration au temps des Mérovingiens.

Photo : Jean-Pierre Huberlon

Façade de l'abbaye de Saint-Denis (Seine-Saint-Denis).

Le luxe de la cour

La cour royale devient un endroit de luxe, car Dagobert s'empare de domaines et s'enrichit. Grand amateur d'art et particulièrement d'orfèvrerie, il fait construire des églises et des cathédrales. Il agrandit l'abbaye de Saint-Denis, près de Paris, qui deviendra plus tard le lieu de sépulture des rois de France. Il y sera lui-même enterré en 638.

Des rois fainéants

Quand leur père meurt, les fils de Dagobert sont trop jeunes pour gouverner. Ils sont placés sous la tutelle des maires du palais qui s'emparent peu à peu du pouvoir. À partir de ce moment-là, les rois qui se succèdent ne gouvernent plus vraiment. Ils sont pauvres et leur vie est trop courte (ils meurent presque tous avant 30 ans). Plus tard, on les baptisera « rois fainéants », non parce qu'ils étaient réellement paresseux mais parce qu'ils n'avaient plus grand-chose à faire de leurs journées !

Les rois manquaient cruellement de prestige : ils se déplaçaient en chariot à bœuf, portaient leurs cheveux longs et vivaient très modestement.

Un royaume fragile

Après la mort de Dagobert, la rivalité entre les provinces de Neustrie et d'Austrasie resurgit. Il n'y a plus une seule grande puissance et le royaume de France est déstabilisé. Le petit-fils de Dagobert, Childéric II, qui succède à son père Clovis II, essaie de réunifier le royaume mais il se fait tuer en 675 dans la forêt de Lognes, près de Paris.

La chanson *Le Bon Roi Dagobert* a été écrite au XVIIIe siècle, bien longtemps après le règne de Dagobert, pour se moquer d'un autre roi, Louis XVI. D'ailleurs, Dagobert n'aurait pas pu mettre sa culotte à l'envers, car les culottes n'existaient pas à l'époque !

Les derniers rois mérovingiens

Au fil des années, les rois défilent. Ils sont presque tous sous la tutelle des maires dont l'influence est de plus en plus grande. Thierry III se fait battre à Tertry, en 687, par Pépin de Herstal, le maire du palais d'Eustrasie, qui contrôle alors les deux

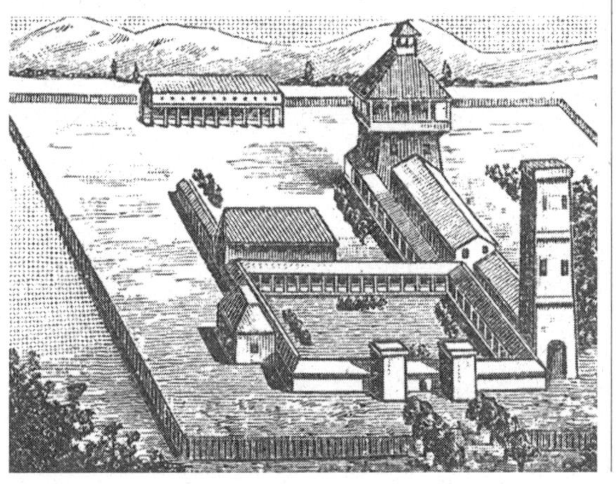

Villa mérovingienne. *Histoire de France des Écoles Primaires*, S. Viator et C. Francillon.

Depuis la mort du prophète Mahomet, en 632, les disciples de la nouvelle religion, les musulmans, partent à l'assaut d'un gigantesque empire.
En 719, ils atteignent la France et en 732, Charles Martel arrête leur progression près de Poitiers.

royaumes. Les Mérovingiens n'ont dorénavant plus de rois dignes de ce nom. Quelques-uns encore, nommés par Pépin, se succéderont toutefois. Mais à la mort de Thierry IV, en 737, Charles Martel, le fils de Pépin de Herstal, à son tour maire du palais, décide de se passer de successeur !

La fin de la dynastie

Les fils de Charles Martel, Pépin le Bref et Carloman, eux aussi maires du palais, « sortent » Childéric III, le fils de Chilpéric II, de son monastère et le font régner docilement pendant 8 ans. Puis, ils le contraignent à renoncer à la Couronne en 751, en persuadant le pape « qu'il valait mieux appeler roi celui qui avait le pouvoir que celui qui en restait dépourvu ». Sa mort, trois ans plus tard, met fin à la dynastie mérovingienne. Une nouvelle dynastie commence avec Pépin : celle des Carolingiens…

Le royaume de Clovis

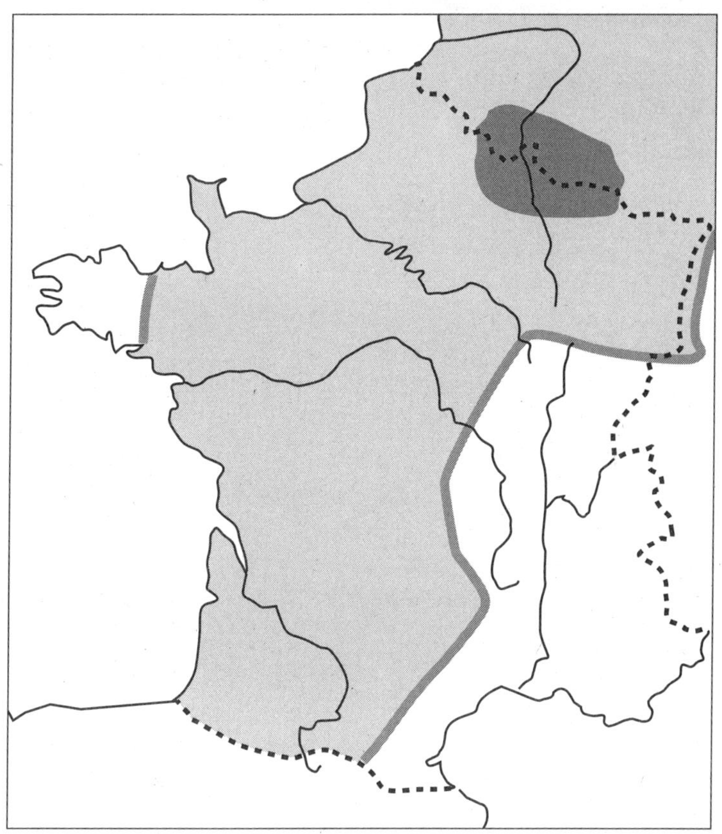

Royaume occupé par les Francs en 481

Royaume de Clovis en 511

Frontières actuelles

Limites du royaume

GÉNÉALOGIE DES MÉROVINGIENS

MÉROVÉE
mort v. 458
roi des Francs Saliens (v.448-v.458)

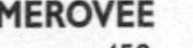

CHILDÉRIC Ier
v.436-v.481
roi des Francs Saliens (v.458-v.481) épouse Basine, femme du roi de Thuringe

CLOVIS Ier
v.466-511
roi des Francs (v.481-511)

ép. 1
une princesse rhénane

THIERRY Ier
v.485-534
roi de Reims (511-534)

ép. 2, en 493, Clotilde,
princesse burgonde (morte en 545)

CLODOMIR
v.495-524
roi d'Orléans (511-524)

CHILDEBERT Ier
v.495-558
roi de Paris (511-558)

CLOTAIRE Ier
v.497-561
roi de Soissons (511-561)
roi de Reims (555-561)
roi des Francs (558-561)

ép. 1, Ingonde

CARIBERT
mort en 567
roi de Paris (561-567)

SIGEBERT Ier
mort en 575
roi de Reims et d'Austrasie (561-575)
ép. v.566 Brunehaut,
fille du roi des Wisigoths (morte en 613)

CHILDEBERT II
roi d'Austrasie (575-595)
(570-595)

GONTRAN
v.545-592
roi de Bourgogne
(561-592)

ép. 2, Arégonde,
sœur de la précédente (morte en 575)

CHILPÉRIC Ier
539(?)-584
roi de Soissons et de Neustrie (561-584)

ép. 3 Frédégonde (morte en 597)

CLOTAIRE II
584-629
roi de Neustrie (584-629) - roi des Francs (613-629)

ép. 2 Bertrude (morte en 620)

DAGOBERT Ier
v.604 (?)-639
roi d'Austrasie (623-639) - roi de Neustrie et de Bourgogne(629-639) - roi des Francs (632-639)

ép. 2, v.630, Nantechilde

CLOVIS II
v. 635-657
roi de Neustrie et de Bourgogne (639-657)
ép., en 651, Bathilde

THIERRY III
v.654-691
roi de Neustrie et de Bourgogne (673 et 675-691)
roi des Francs (679-691) - ép. Crotilde

CHILDEBERT III
v.683-711
roi des Francs (v.695-711)

DAGOBERT III
v.699-715
roi des Francs (711-715)

THIERRY IV
v.713-737
roi des Francs (721-737)

CLOVIS IV
v.681-695
roi des Francs (691-695)

CHILDÉRIC II
v.653-675
roi d'Austrasie (662-675)
roi des Francs (673-675)
ép. Bilichilde, fille du roi
d'Austrasie Sigebert III

CHILPÉRIC II
v.670-721
roi de Neustrie (715-721)
roi des Francs (v.720-721)

CHILDÉRIC III
mort en 755
roi des Francs (743-751)
déposé par Pépin le Bref en 751

CLOTAIRE III
(657-673)
roi de Neustrie

ép. 3, Ragnetrude

SIGEBERT III
(632-656)
roi d'Austrasie (634-656)
ép. Himnechilde

DAGOBERT II
roi d'Austrasie
en 676

2. Les Carolingiens

LE DERNIER ROI MÉROVINGIEN CHILDÉRIC III, contraint d'abdiquer en 751, cède la place à la dynastie carolingienne qui va régner sur le royaume des Francs pendant plus de deux siècles. Quinze souverains vont se succéder et Charlemagne, couronné empereur d'Occident en 800, sera le plus grand d'entre eux.

Charlemagne.

La cérémonie du sacre

C'est sous le règne des Carolingiens que la cérémonie du sacre prend toute son importance. En plaçant officiellement le roi sur le trône, le pape – ou l'un de ses représentants – place le souverain comme représentant de Dieu sur terre. Pépin le Bref est le premier roi sacré de la sorte, par l'évêque Boniface, en 751 ; puis une seconde fois par le pape Étienne II en 754.

C'est le père de Pépin le Bref, Charles Martel, qui a donné son nom à la dynastie carolingienne. Charles, en latin, se dit *Carolus*.

Désormais dépendant du pouvoir religieux, Pépin prouve sa reconnaissance au pape en repoussant les Lombards qui menacent le nord de l'Italie actuelle. En recevant en cadeau les territoires reconquis, le pape devient un souverain comme les autres rois, avec son propre territoire.

Le roi Charles

En 768, Pépin tombe malade. Avant de mourir, il partage son royaume entre les deux fils qu'il a eus avec la reine Bertrade : Charles et Carloman. Dans un premier temps, Charles partage le royaume avec son frère. Mais en 771, celui-ci meurt brutalement. Charles écarte alors ses héritiers et s'approprie la totalité du royaume franc. Désormais, il va passer sa vie à étendre son territoire, avec l'aide de son armée, particulièrement bien organisée et efficace.

La reine Bertrade était surnommée Berthe au grand pied, à cause d'un pied qu'elle avait plus grand que l'autre !

Le plus grand empire

Dès 774, Charles lance des expéditions militaires vers l'est, le nord et le sud. Au sud, il s'empare du royaume des Lombards et combat les musulmans d'Espagne. À l'est, il s'attaque à la Bavière qu'il soumettra définitivement en 788. Deux ans plus tard, la Saxe, au nord-est, est annexée. Il lui aura toutefois fallu 30 ans d'une guerre cruelle et meurtrière* pour venir à bout de Widukind, le chef des Saxons.

*Après une bataille, Charles a fait décapiter plus de 4 000 prisonniers !

Chaque fois qu'il conquiert un nouveau territoire, Charlemagne s'appuie sur l'Église et convertit au christianisme les peuples vaincus.

Bien que Charles rentre souvent victorieux de ces campagnes, il connaît pourtant quelques défaites. Ainsi, en 778, l'arrière-garde de son armée tombe dans une embuscade, à Roncevaux, dans les Pyrénées. Selon la légende, le chevalier Roland y a trouvé la mort alors qu'il soufflait dans son cor pour prévenir son roi. Plus tard, vers 1100, *La Chanson de Roland* racontera cette aventure et fera de Roland le premier héros chrétien.

Charlemagne. *Histoire de France des Écoles Primaires*, S. Viator et C. Francillon.

Charles devient Charlemagne

En l'an 800, Charles est couronné empereur d'Occident à Rome, le jour de Noël, par le pape Léon III qui ainsi s'assure de la protection du grand chef militaire. Charles prend alors le nom de Charlemagne**.

**C'est-à-dire Charles le Grand, en latin : *Carolus Magnus*.

Les « Missi dominici »

À partir de 795, Charlemagne choisit sa capitale et s'installe à Aix-la-Chapelle, une ville qui se trouve aujourd'hui en Allemagne. Il divise le pays en comtés qui sont gouvernés par les comtes et les évêques. Pour éviter les abus de pouvoir, il envoie régulièrement un religieux et un laïc*, les « Missi dominici** », vérifier l'application des lois. En même temps, les lois deviennent écrites, sous forme de petits chapitres, les « Capitulaires ».

Charlemagne fait construire à Aix-la-Chapelle un grand palais, avec des thermes où il se baigne régulièrement aux côtés de ses soldats.

*Laïc : qui n'appartient pas au clergé.

**Les envoyés du maître, en latin.

La renaissance carolingienne

Après toutes ces années de guerres, le royaume connaît une période relativement calme. La population augmente, les villes se développent et le commerce reprend doucement. Culturellement, le pays a aussi beaucoup souffert des invasions passées. Certains prêtres ne connaissent même plus le latin ! À Aix-la-Chapelle, Charlemagne décide alors d'ouvrir une école dans laquelle il s'entoure de nombreux savants qu'il fait venir de toute l'Europe. Les arts connaissent un véritable essor et de nombreux édifices religieux sont bâtis dans le pays.

Charlemagne connaissait le latin et le grec mais… il ne savait pas écrire !

L'invention de l'école

La légende veut que Charlemagne ait inventé l'école. En fait, il a développé

Charlemagne félicite les fils de pauvres qui ont bien travaillé et réprimande les élèves paresseux issus de la haute noblesse : un mythe qui sera valorisé sous la Troisième République. *Petite Histoire de France*, P. Besseige, A. Lyonnet.

l'enseignement et organisé la création d'écoles dans les monastères et les paroisses. Pour la première fois aussi, il créé un réseau d'écoles et fixe un programme scolaire. Les enfants apprennent à dire les prières par cœur, à lire et à compter.

Le partage du royaume

Lorsque Charlemagne meurt, en 814, après 43 ans de règne, Louis est le seul de ses fils encore en vie. Très croyant (on le surnomme Louis le Pieux), il se laisse diriger par les hommes d'Église. Pour éviter les problèmes de succession qui ont déchiré le pays par le passé, il décide, dès 817, d'attribuer la presque totalité du royaume à Lothaire, l'aîné de ses trois fils. Pépin, le second, sera roi d'Aquitaine et Louis, le troisième, héritera de la Bavière*.

*Lothaire prend le titre d'empereur.

De nouvelles divisions

Quand la femme de Louis le Pieux meurt, celui-ci se remarie avec Judith de Bavière qui lui donne un quatrième fils, Charles, en 823. Mais les trois demi-frères de Charles voient d'un très mauvais œil ce nouvel héritier. En signe de mécontentement, ils entrent en guerre contre leur père jusqu'à la fin de sa vie !

Le traité de Verdun

À la mort de Louis le Pieux, en 840, Lothaire se déclare maître de l'Empire, conformément à la volonté de son père. Mais ses deux frères (Pépin est mort en 838) font alliance contre lui** et le battent en 843. Ils lui imposent le traité de Verdun qui divise l'ancien empire de Charlemagne en trois parties. Louis reçoit la partie orientale, future Allemagne (de l'est du Rhin au nord des Alpes), Charles la partie ouest, futur royaume de France, et Lothaire – qui garde le titre d'empereur – doit se contenter de la France médiane, un morceau de terre coincé entre les territoires des deux frères…

**« Pour l'amour de Dieu et pour le peuple chrétien et notre salut commun, à partir d'aujourd'hui et tant que Dieu me donnera savoir et pouvoir, je secourrai ce mien frère par mon aide […] à condition qu'il fasse de même pour moi… » Ce serment, fait en 842 à Strasbourg par les deux frères, est le premier texte connu rédigé en vieil allemand et en langue romane, l'ancêtre du français.

Les bateaux vikings étaient de grands navires à fond plat.
Très rapides, ils pouvaient naviguer aussi bien en mer qu'en rivière.
Ainsi, ils pouvaient remonter les fleuves et attaquer les villes à l'intérieur des terres.

De nouveaux envahisseurs

Venus du Nord, les Normands, aussi connus sous le nom de Vikings, commencent à attaquer le royaume des Francs dès la fin du VIIIe siècle. À bord de leurs bateaux, ils pillent la côte atlantique, à l'embouchure des grands fleuves. Profitant des querelles entre les fils de Louis, les Vikings multiplient les raids meurtriers. Pendant un siècle, le pays et l'Europe tout entière vont vivre dans la terreur et l'insécurité.

Première Bible de Charles le Chauve, dite Bible de Vivien : la Remise de la Bible à Charles le Chauve. École de Tours, vers 846. Enluminure sur parchemin.

Le dernier grand roi carolingien

Monté sur le trône en 843, Charles II le Chauve est un roi intelligent qui s'entoure d'une cour savante. Il essaie tant bien que mal de rétablir l'autorité du souverain et de restaurer l'empire de Charlemagne. Il fait construire des ponts fortifiés pour résister aux invasions vikings. En 875, il est couronné empereur d'Occident à Rome. Mais deux ans plus tard, il meurt au retour d'une expédition militaire. Son fils, Louis II le Bègue, lui succède.

Un royaume très affaibli

Face aux Normands, le royaume est affaibli et le pouvoir décline. Plusieurs rois se succèdent, pendant près d'un siècle, incapables d'assurer la sécurité du royaume. Pendant ce temps-là, les seigneurs se détachent petit à petit de l'autorité royale et deviennent maîtres de leurs territoires. Ils se transmettent dorénavant leur charge de père en fils et n'ont plus que faire de l'autorité du roi.

Ce sont les seigneurs qui construisent les premiers châteaux forts, de simples tours en bois protégées par une palissade et entourées par un fossé.

Le système féodal

Au IXe siècle, le pouvoir revient petit à petit à ceux qui savent se battre ou ceux qui ont les moyens de le faire. Dorénavant, les plus faibles viennent chercher protection auprès des plus forts. En échange de sa protection, le seigneur attend des paysans qu'ils travaillent la terre pour lui ; et des guerriers qu'ils lui jurent fidélité*. Ainsi se met en place une hiérarchie, du plus puissant au plus faible, qui veut que chacun devienne le vassal d'un seigneur plus puissant.

*En compensation, le seigneur assure leur entretien et celui de leur famille. Il leur offre aussi en général une de ses terres : le fief (*feodus*, en latin, qui a donné « féodal »).

La résistance contre les Vikings

Les Robertiens, descendants de Robert le Fort qui a combattu les Vikings, sont parmi les familles les plus puissantes de l'époque. En 885, Eudes, son fils, défend vaillamment la ville de Paris contre les Normands. Trois ans plus tard, il est élu roi et le restera jusqu'à sa mort, en 898. C'est Charles le Simple, un Carolingien, qui prend la suite. En 911, il signe un accord avec les Normands pour mettre fin à leurs assauts. Sans combattre, il offre au chef normand Rollon les terres de Normandie que celui-ci occupe.

La fin des Carolingiens

Méprisé par les Grands* pour avoir lâchement signé ce traité, Charles le Simple est chassé du pouvoir et emprisonné en 922. Robert Ier, le second fils de Robert le Fort, monte sur le trône avant d'être tué l'année suivante par Charles le Simple, venu lui livrer bataille. Plusieurs dizaines d'années plus tard, le dernier roi carolingien Louis V, surnommé Louis le Fainéant, meurt d'une chute de cheval. La lignée des Carolingiens s'éteint avec l'arrivée d'un nouveau roi : Hugues Capet, premier souverain de la dynastie des Capétiens.

*Les Grands étaient les membres de la plus haute noblesse.

Le partage de l'empire de Charlemagne (843)

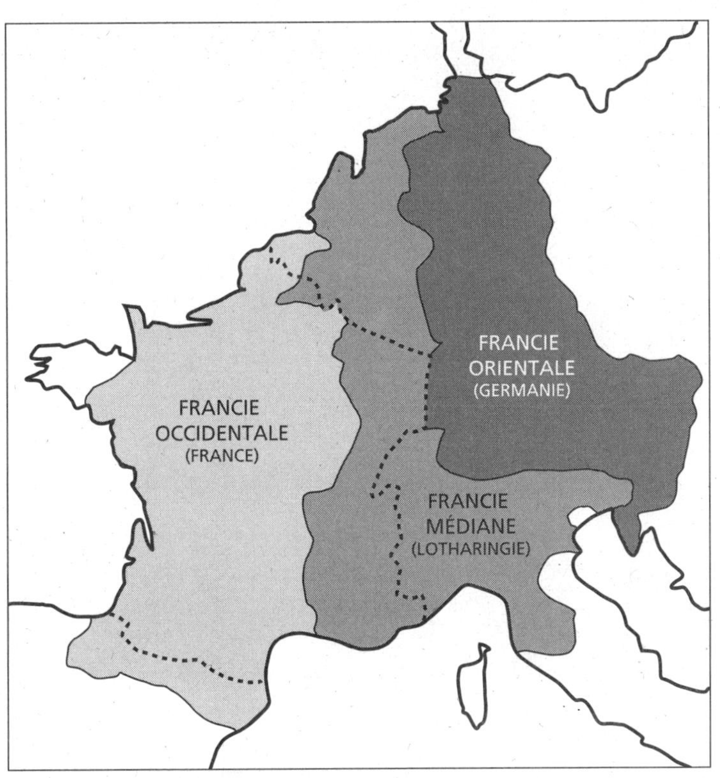

Part de Charles le Chauve

Part de Louis

Part de Lothaire

Frontières actuelles

GÉNÉALOGIE DES CAROLINGIENS

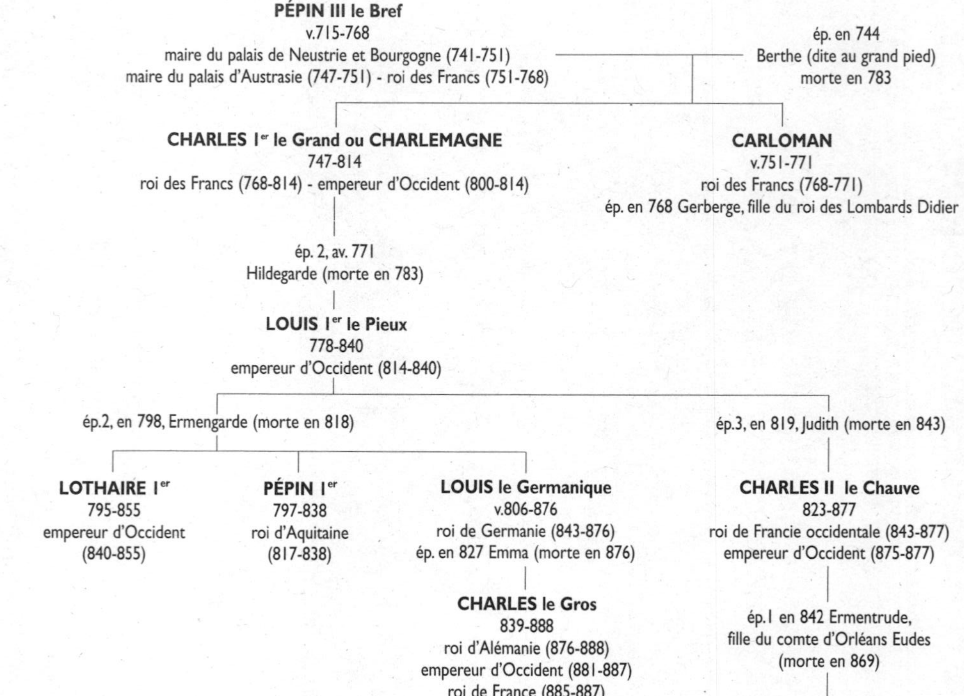

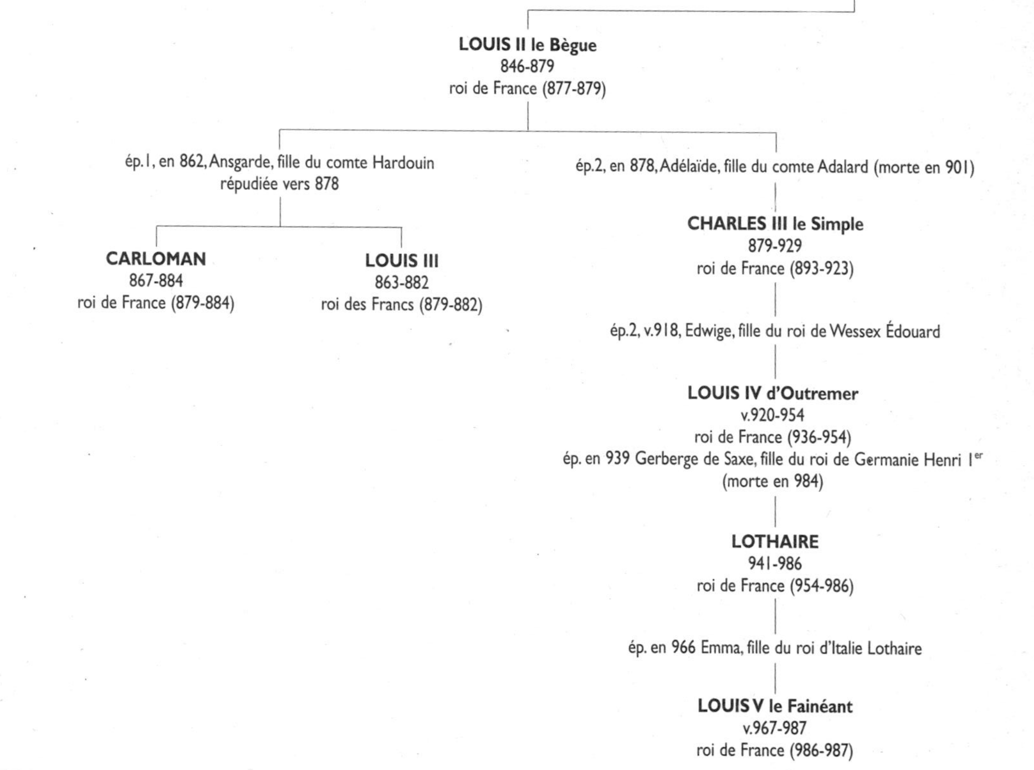
LOUIS II le Bègue
846-879
roi de France (877-879)
ép.1, en 862, Ansgarde, fille du comte Hardouin
répudiée vers 878
ép.2, en 878, Adélaïde, fille du comte Adalard (morte en 901)
CARLOMAN
867-884
roi de France (879-884)
LOUIS III
863-882
roi des Francs (879-882)
CHARLES III le Simple
879-929
roi de France (893-923)
ép.2, v.918, Edwige, fille du roi de Wessex Édouard
LOUIS IV d'Outremer
v.920-954
roi de France (936-954)
ép. en 939 Gerberge de Saxe, fille du roi de Germanie Henri Ier
(morte en 984)
LOTHAIRE
941-986
roi de France (954-986)
ép. en 966 Emma, fille du roi d'Italie Lothaire
LOUIS V le Fainéant
v.967-987
roi de France (986-987)

3. Les Capétiens

Saint-Louis.

À L'ARRIVÉE AU POUVOIR DE HUGUES CAPET, en 987, le domaine royal s'est bien restreint. Dans le royaume, de nombreux seigneurs sont plus riches que le roi… C'est pourquoi, jusqu'à la fin du règne de Philippe le Bel, en 1328, les Capétiens n'auront de cesse de reconquérir l'autorité disparue.

Un pouvoir très limité

Élu lui-même par les grands seigneurs et les évêques à la mort de Louis V, Hugues Capet associe pourtant très vite à la Couronne son fils Robert II

Au temps des Capétiens, les gens croyaient que les rois étaient capables de guérir les maladies. La légende raconte qu'il suffisait à Robert le Pieux de toucher une personne souffrante pour la guérir.

afin d'assurer sa descendance. Et c'est parce que ses successeurs feront de même que la dynastie capétienne va parvenir progressivement à s'imposer. Même si leur autorité est faible, les premiers rois capétiens peuvent s'appuyer sur leur alliance avec l'Église. Car par le sacre, ils sont les représentants de Dieu.

Robert le Pieux

À la mort de Hugues Capet, en 996, Robert le Pieux multiplie les mariages pour se faire des alliés ! Il épouse ainsi trois femmes : Rozala de Flandre, dont il se débarrasse en conservant la dot, Berthe de Blois, qu'il répudie pour épouser la suivante, et Constance, une belle Provençale qui devient rapidement acariâtre et invivable !

Henri Ier

Sacré en 1027, quelques années avant la mort de son père Robert le Pieux, Henri Ier commence par affronter la reine mère Constance qui préfère son fils Robert. Face à la ténacité de celle-ci, Henri Ier manque de justesse de perdre son domaine et il doit se résigner à céder la Bourgogne à son frère. Comme son père, il consolide les liens avec ses alliés : il épouse la nièce de l'empereur germanique, puis Anne de Kiev, une princesse russe, qui lui donne trois fils.

Le vaisseau de Guillaume, duc de Normandie, aborde à Pevensey. La conquête de l'Angleterre a été représentée 22 ans plus tard par la célèbre tapisserie de Bayeux. Cette broderie, longue de 70 mètres, représente la bataille pendant laquelle 50 000 combattants s'affrontèrent. « Tapisserie de Bayeux - XIe xiècle. » (Avec l'autorisation spéciale de la ville de Bayeux.)

Les conquêtes de Philippe Ier

Couronné à l'âge de 8 ans, Philippe Ier gouverne dans un premier temps sous tutelle. Mais dès ses 14 ans, il est déclaré majeur et fait rapidement preuve d'un grand sens politique. Il comprend très vite qu'il lui faut étendre son domaine, cette année même où Guillaume le Conquérant, duc de Normandie, s'empare de l'Angleterre et devient un dangereux voisin. Philippe Ier annexe alors le Gâtinais et le Vermandois, puis le Vexin français.

La première croisade

C'est sous le règne de Philippe Ier*, en 1096, qu'a lieu la première croisade. De Clermont, en Auvergne, le pape Urbain II

*Lui-même n'a pas participé à la première croisade, le pape Urbain II l'ayant excommunié à plusieurs reprises à cause d'une vie sentimentale jugée inconvenante !

© Paris, Bibliothèque Nationale de France

Le Roman de Godefroy de Bouillon : combat entre les Francs et les Sarrazins. Paris, 1337.

lance un appel aux chrétiens. Il leur demande d'aller reconquérir Jérusalem, en Palestine, au Proche-Orient, et d'arracher le tombeau du Christ tombé aux mains des musulmans. Des milliers de pauvres gens se mettent en marche, sans préparatifs. Sans expérience de la guerre, ils se font massacrer par les Turcs en Asie Mineure. La victoire revint aux seigneurs qui, partis un peu plus tard sous la conduite de valeureux chevaliers comme Godefroy de Bouillon, s'emparèrent de Jérusalem, en 1099.

Chacun cousait une croix sur son vêtement pour marquer son engagement sacré, d'où le nom de « croisés » qui leur a été donné.

Le réveil de la royauté

Dès le début de son règne, Louis VI, le fils de Philippe Ier, livre une guerre sans merci aux petits seigneurs qui pillent sans vergogne le domaine royal. Avec beaucoup d'acharnement, il parvient à détruire les châteaux

Décrit comme un homme courageux, Louis VI n'hésitait pas à prendre lui-même les armes pour guerroyer ; jusqu'à ce que sa corpulence, à la fin de sa vie, finisse par l'empêcher de monter sur un cheval !

de ces vassaux révoltés. Puis il libère les villes encore asservies, rétablit à travers le pays des routes où l'on peut circuler en toute sûreté, et développe l'activité commerciale. En 1124, il repousse une invasion de l'empereur de Germanie et étend son influence jusqu'en Flandre. Enfin, il négocie le mariage de son fils, le futur Louis VII, avec Aliénor d'Aquitaine pour étendre l'influence capétienne jusqu'au sud-ouest du royaume.

La deuxième croisade

À la mort de Louis VI, en 1137, son fils Louis VII le Jeune se retrouve à la tête d'un très grand royaume dont l'influence va jusqu'aux Pyrénées. Jérusalem étant à nouveau menacée, il entraîne ses vassaux, en 1147, dans une deuxième croisade* qui se solde deux ans plus tard par un échec. À son retour, il fait annuler son mariage avec sa femme Aliénor. Reprenant avec elle

© Musée Lorrain, Nancy / Photo G. Mangin

*Dès le début de son règne, Louis VII s'est fâché avec le pape. Entré en guerre contre le comte de Champagne qui a le soutient du pape, il envahit la Champagne en 1142 et tue 3 000 personnes en incendiant la ville de Vitry. Pris de remords, c'est pour expier sa faute qu'il a décidé de partir en croisade.

À son retour de croisade, le seigneur Hugues de Vaudémont serre son épouse dans ses bras. (Chapelle des Cordeliers de Nancy).

l'Aquitaine, celle-ci se remarie avec Henri Plantagenêt. Ce seigneur français, qui possède déjà l'Anjou et la Normandie, devient également roi d'Angleterre en 1154. Louis VII se trouve alors face à un vassal dont la puissance et le territoire valent largement les siens.

La société féodale

La société féodale des XIe et XIIe siècles se divise en trois catégories d'hommes : ceux qui travaillent, ceux qui se battent et ceux qui prient. Ceux qui travaillent sont surtout des paysans : ils exploitent la terre que le seigneur leur a confiée, en échange de taxes et de corvées*. Ceux qui combattent sont des seigneurs. Ils font la guerre pour défendre leurs terres, ou partent en croisade au nom de la religion. Les prêtres et les évêques, quant à eux, assurent l'office auprès des populations, et les moines qui vivent

*Parmi les obligations des serfs, la corvée était un travail non rémunéré qui consistait, par exemple, à couper du bois pour fabriquer la charpente d'un nouveau donjon.

C'est en général à 18 ans que l'on devenait chevalier. Une cérémonie avait lieu, l'adoubement, à l'occasion de laquelle on remettait solennellement les armes au jeune homme.

Détail représentant les Normands en train de semer.
« Tapisserie de Bayeux - XIe siècle. » (Avec l'autorisation spéciale de la ville de Bayeux).

dans les monastères occupent leurs journées à prier et à recopier des manuscrits anciens.

Philippe Auguste, le conquérant

À 15 ans, Philippe II Auguste monte sur le trône, un an après avoir été sacré à Reims. Pendant son règne, il passe une bonne partie de son temps et de son énergie à guerroyer contre les rois d'Angleterre Henri II, Richard Cœur de Lion puis Jean sans Terre.

Une administration bien gérée

Le temps de son règne, la surface du domaine royal de Philippe Auguste quadruple. L'administration est également bien mieux gérée que par le passé. Pour cela, il a multiplié les baillis (au nord de la Loire) et les sénéchaux (au sud). Ce sont des fonctionnaires chargés de contrôler un territoire, d'assurer la sécurité et de rendre la justice. En même temps, le royaume s'est enrichi et le roi est à la tête d'une belle fortune qui lui permet d'entretenir sans difficulté une grande armée.

L'art roman est né au XIe siècle. À cette époque, de nombreuses églises ont été construites. À la place des fragiles charpentes en bois, on a bâti de nouvelles voûtes en pierre. Leur poids était tel qu'il fallait dresser de gigantesques contreforts, à l'extérieur.

Sceau de Philippe Auguste *Histoire de France des Écoles Primaires*, S. Viator et C. Francillon.

C'est sous le règne de Philippe Auguste que commença la construction du Louvre, à Paris.

La troisième croisade

En 1190, la troisième croisade est conduite par les rois Philippe Auguste et Richard Cœur de Lion, avec qui il s'est un temps associé. À eux deux, ils prennent Chypre et Saint-Jean-d'Acre. Mais ils se brouillent vite et Philippe rentre seul en France. Pendant ce temps, Richard est fait prisonnier par l'empereur d'Allemagne. Deux ans plus tard, quand il s'en sort, il accourt se venger de Philippe Auguste dont il sait qu'il a tout fait pour prolonger sa captivité !

Photo : Robert Giraud

Dans l'Eure, la forteresse de Château-Gaillard, le fief de Richard Cœur de Lion – duc de Normandie et roi d'Angleterre – a longtemps nargué le roi de France. Celui-ci s'en empare en 1204.

De victoire en victoire

En 1199, Richard Cœur de Lion meurt et Philippe Auguste se retrouve définitivement libéré de son pire ennemi. Quelques années plus tard, en 1204, la ville de Rouen capitule et Philippe Auguste annexe la Normandie, puis il occupe l'Anjou et le Poitou. Mais en 1214, Jean sans Terre, le nouveau roi d'Angleterre, fait alliance avec des princes étrangers et des vassaux révoltés pour l'attaquer. Philippe Auguste écrase ses ennemis à Bouvines, dans le nord. Lorsqu'il meurt, en 1223, d'une fièvre tenace, les premières grandes funérailles royales sont organisées à l'abbaye de Saint-Denis.

Louis VIII le Lion

Louis VIII, le fils de Philippe Auguste, est le premier roi capétien qui n'ait pas été associé à la Couronne du vivant de son père. Mais le pouvoir royal est désormais fortement implanté et le souverain se trouve à la tête d'une solide armée. Quand il accède au trône en 1223, Louis VIII a déjà 36 ans et une belle carrière militaire derrière lui, aux côtés de son père, qui lui vaut le surnom de « Lion ». Plus pieux que Philippe Auguste, il part en croisade contre les Albigeois*, en 1225, et enlève plusieurs villes du sud-ouest de la France.

Philippe Auguste se proclame pour la première fois roi de France et non plus roi des Francs.

La construction de l'abbaye de Saint-Denis a commencé dès la fin du Ve siècle, sur la tombe du premier évêque de Paris du même nom. Plusieurs familles royales y ont été enterrées dès cette époque. À partir des premiers Capétiens, l'abbaye est devenue le lieu de sépulture de pratiquement tous les rois de France.

*Au XIIe siècle, dans le sud de la France, certains chrétiens, appelés Cathares, ont rejeté l'enseignement de l'Église traditionnelle et arrêté d'obéir au pape. Pour l'Église, ces gens étaient des hérétiques dont il fallait se débarrasser. Nombreux sont les Cathares qui sont morts brûlés sur des bûchers pendant l'Inquisition…

*La régence est une période pendant laquelle, quand le roi n'est pas en âge de gouverner, le pouvoir est confié à un proche parent.

Blanche de Castille

Alors qu'il a habilement étendu son pouvoir dans le sud de la France, Louis VIII meurt à peine trois ans après être monté sur le trône. Son fils, Louis IX, n'a que 12 ans et c'est Blanche de Castille, sa mère, qui exerce la régence* jusqu'à sa majorité. Louis IX l'associera au pouvoir jusqu'à sa mort, en 1252. Très habile négociatrice, Blanche de Castille parvient à venir à bout de la révolte de quelques puissants vassaux, entraînés par le duc de Bretagne, et une trêve est signée en 1230.

Blanche de Castille assistant à une leçon d'écriture donnée à Louis IX. (*Vie et miracles de Saint Louis*, Guillaume de Saint Pathus, XIVe siècle.)

Un roi juste et charitable

Louis IX est un roi sincèrement bon. Il fait construire des institutions charitables, comme l'hospice des Quinze-Vingt qui accueille 300 aveugles. Il passe également du temps à négocier avec ses adversaires pour obtenir la paix. C'est aussi à cette époque qu'apparaît le Parlement, un tribunal accessible à tous, riches comme pauvres, pour juger les affaires les plus diverses**.

**Toutes ces qualités ne s'appliquent qu'aux chrétiens ! À cette époque, les juifs, assez nombreux dans le royaume, sont maltraités par Louis IX qui les oblige à porter un rond de tissu pour qu'on les reconnaisse.

Également très pieux, il dirige une guerre sainte en 1248 pour délivrer Jérusalem de nouveau aux mains des musulmans depuis quatre ans. Vaincu, il est fait prisonnier, puis, une fois relâché, il passe plusieurs années à délivrer les prisonniers chrétiens et à soigner les malades. En 1270, il repart en croisade contre l'avis de tous, mais meurt en Tunisie, emporté par la peste.

Saint Louis. Buste en métal, longtemps conservé dans la Sainte-Chapelle, détruit pendant la Révolution. *Histoire de France des Écoles Primaires*, S. Viator et C. Francillon.

En 1297, Louis IX est canonisé (c'est-à-dire admis parmi les saints) par l'Église catholique qui en fait le modèle du roi chrétien. Il devient Saint Louis.

Mort de Saint Louis.
Histoire de France des Écoles Primaires, S. Viator et C. Francillon.

© RMN

Naissance de Philippe IV le Bel à Fontainebleau en 1268. Assiette du « service historique de Fontainebleau ».

L'héritage de Louis IX

À la mort de Louis IX, son second fils, Philippe III, prend la succession. Si on le surnomme « le Hardi », c'est davantage pour son talent à la chasse ou son côté irréfléchi que pour son habileté à gouverner ! Largement dominé par les gens qui l'entourent, cela n'empêche toutefois pas le domaine royal de s'agrandir encore. Il meurt en cherchant à s'emparer du royaume d'Aragon, en Espagne, en 1285. Le pouvoir revient alors à Philippe le Bel, son fils.

Une nouvelle façon de gouverner

Impénétrable et silencieux, Philippe IV le Bel s'entoure de spécialistes du droit et des lois qui participent aux décisions et qui défendent ses intérêts partout dans le royaume. Il met fin au conflit de l'Aragon qui a coûté la vie à son père et se bat ensuite contre l'Angleterre qui a fait alliance avec le comte de Flandre. Après avoir remporté la bataille, il occupe la Flandre.

Un conflit avec le pape

En 1296, Philippe IV s'oppose au pape Boniface VIII en imposant au clergé le paiement d'impôts : la taille et la décime. Il faut dire que Philippe le Bel a sans cesse besoin d'argent pour faire la guerre et entretenir un royaume devenu puissant. La crise avec le pape prendra fin en 1305, après la mort de Boniface, humilié, et l'arrivée d'un nouveau pape, Clément V, qui s'installe désormais en Avignon. Philippe le Bel a gagné : dorénavant, la papauté n'interviendra plus dans les affaires intérieures de son royaume…

À court d'argent, le roi Philippe s'empare également de la fortune accumulée par les Templiers, d'anciens moines-chevaliers chargés d'aider les croisés en guerre sainte. En 1307, ils sont arrêtés sur ordre du roi et soumis à la torture. Le grand maître des Templiers est brûlé vif.

Un beau scandale !

Successeur à 25 ans de son père Philippe IV le Bel, Louis X le Hutin* monte sur le trône en plein scandale. Sa femme, Marguerite de Bourgogne, vient d'être reconnue coupable d'infidélité. Deux autres des belles-filles de son père sont également coupables ou complices d'adultère. Ses amants sont écorchés vifs, décapités et pendus, et Marguerite est emprisonnée jusqu'à la fin de ses jours. La deuxième coupable finit sa vie au couvent et la troisième, simple complice, réussit de justesse à se faire pardonner par son mari.

*C'est-à-dire « le Querelleur ».

Philippe V le Long

Sacré à Reims en 1317, Philippe V le Long, frère de Louis X, se fait proclamer roi de France et de Navarre et remplace le fils de Louis X qui, de toutes façons, ne vit que quelques jours ! Il évince en revanche réellement sa nièce, fille de Louis X, sous prétexte que sa mère, Marguerite de Bourgogne, est une reine adultère. Pendant les six ans de son règne, Philippe le Long s'occupe de l'administration intérieure et règle la question de la Flandre en signant la paix.

La fin de la dynastie capétienne

C'est Charles IV le Bel, le troisième fils de Philippe le Bel, qui prend la succession de Philippe V, en 1322. Il durcit le ton avec Édouard II, roi d'Angleterre et duc d'Aquitaine, et il s'empare de la Guyenne anglaise (l'actuelle Aquitaine), avec l'aide de son oncle, Charles de Valois. Les tensions iront désormais de mal en pis entre les deux pays… Charles IV meurt en 1328. Comme ses frères qui ont gouverné avant lui, il n'a pas d'héritier mâle à placer sur le trône. C'en est fini de la lignée des Capétiens directs.

Le royaume de France à l'avènement d'Hugues Capet en 987

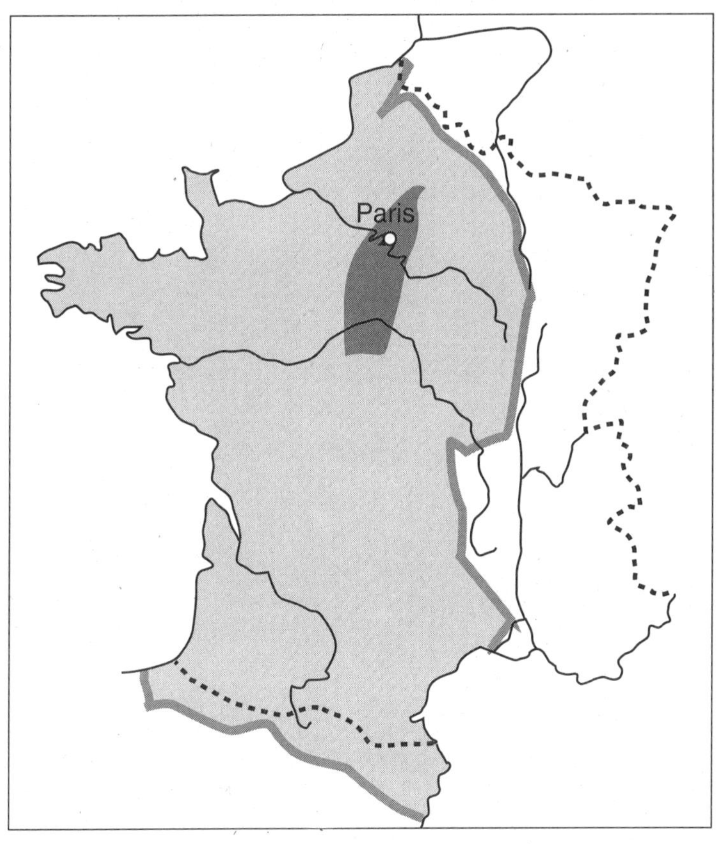

Limites du royaume

Frontières actuelles

Royaume de France

Domaine royal

GÉNÉALOGIE DES CAPÉTIENS

HUGUES Ier CAPET
v.941-996
duc des Francs - roi de France (987-996)

ROBERT II le Pieux
v.972-1031
roi de France (996-1031)

ép. 3, v.1003, Constance d'Arles, fille du duc comte Guillaume Ier (morte en 1032)

HENRI Ier
1008-1060
roi de France (1031-1060)

ép.2, en 1051, Anne, fille du grand-duc de Kiev (morte ap. 1075)

PHILIPPE Ier
v.1052-1108
roi de France (1060-1108)

LOUIS VI le Gros
v.1081-1137
roi de France (1108-1137)
ép., en 1115, Adélaïde de Savoie (morte en 1154)

LOUIS VII le Jeune
1120-1180
roi de France (1137-1180)

ép.3, en 1160, Adèle de Champagne (morte en 1206)

PHILIPPE II Auguste
1165-1223
roi de France (1180-1223)

ép.1, en 1180, Isabelle de Hainaut, fille du comte de Flandre (morte en 1190)

LOUIS VIII le Lion
1187-1226
roi de France (1223-1226)
ép. en 1200 Blanche de Castille, fille du roi Alphonse VIII
(morte en 1252)

LOUIS IX (SAINT LOUIS)
1214-1270
roi de France (1226-1270)
ép. en 1234 Marguerite de Provence, fille de Raymond-Bérenger V (morte en 1295)

PHILIPPE III le Hardi
1245-1285
roi de France (1270-1285)

ép.1, en 1262, Isabelle, fille du roi d'Aragon Jacques Ier (morte en 1271)

PHILIPPE IV le Bel
(1268-1314)
roi de France (1285-1314)
ép. en 1284 Jeanne de Navarre-Champagne, fille du roi Henri Ier (morte en 1305)

LOUIS X le Hutin
1289-1316
roi de France (1314-1316)

ép.2, en 1315, Clémence de Hongrie, fille du roi Charles Martel (morte en 1328)

JEAN Ier le Posthume
roi de France (1316)

PHILIPPE V le Long
v.1293-1322
roi de France (1317-1322)

CHARLES IV le Bel
1294-1328
roi de France (1322-1328)

4. Les Valois

QUAND IL MEURT EN 1328, Charles IV n'a pas d'héritier. La reine attend un enfant mais comme c'est une fille qui naît, elle n'a pas droit au trône ! C'est Philippe VI de Valois, le cousin de Charles IV, qui se fait proclamer roi. Une nouvelle dynastie commence. Treize rois vont se succéder pendant 260 ans…

François 1er.

Une succession contestée

À la mort de Charles IV, trois candidats peuvent prétendre au trône : Édouard III d'Angleterre, dont la mère est la sœur du roi mort ; Philippe d'Évreux, roi de Navarre, le fils d'un demi-frère de Philippe le Bel ; et Philippe de

Valois, son cousin. C'est ce dernier que choisit l'assemblée de barons réunie à Vincennes. C'est un brillant chevalier et il assure déjà la régence depuis deux mois...

Selon le récit traditionnel, six bourgeois en chemise et la corde au cou furent chargés d'apporter les clefs de la ville. Bien décidé à leur faire payer un siège qui dura près d'un an, le roi d'Angleterre s'inclina toutefois devant la volonté de sa femme, la reine Philippa de Hainaut, qui le supplia de laisser la vie sauve aux riches marchands. *Histoire de France des écoles Primaires,* S. Viator et C. Francillon.

Le début des conflits

À peine devenu roi, Philippe VI se porte au secours du comte de Flandre. Celui-ci lui demande de l'aide pour mater la révolte des bourgeois flamands. Sans se rendre compte qu'il risque de provoquer la colère du roi d'Angleterre qui fait du commerce avec les Flamands, le roi français et son armée écrasent les insurgés. C'est le début d'une longue série de conflits entre la France et l'Angleterre. Quelques années plus tard, en 1337, Philippe VI de Valois fait saisir la Guyenne, un fief d'Édouard III d'Angleterre. Celui-ci riposte en faisant porter une déclaration de guerre à « Philippe de Valois, qui se dit roi de France ». Peu de temps après, le roi d'Angleterre se proclame l'héritier du royaume de France. La guerre de Cent Ans commence. Elle durera précisément de 1337 à 1453.

La guerre de Cent Ans

Les premières batailles voient la déroute des armées françaises. En 1340, le roi d'Angleterre envoie une flotte vers la France, en réponse à Philippe VI qui veut une bataille navale. Mais ses amiraux font l'erreur d'ancrer leurs navires dans la baie de l'Écluse, près de Bruges, plutôt que d'affronter l'ennemi au large. Victimes des habiles archers anglais, les navires français sont presque tous détruits.

En 1346, Édouard III d'Angleterre débarque en Normandie. Devant Caen, il met en déroute une armée venue l'arrêter puis remonte vers le nord. Philippe VI, dont l'armée est bien supérieure, rattrape son ennemi à Crécy. Il engage la bataille mais la lourde chevalerie se fait une fois encore décimer par les flèches des archers anglais. Philippe doit alors s'enfuir plutôt que de se faire prendre, et Édouard III s'attaque à Calais qui capitule après un siège de 11 mois. La ville, devenue anglaise, ne redeviendra française qu'en 1558 !

La Grande Peste

Après la capitulation de Calais, les États généraux* sont réunis par Philippe VI en 1347 pour déterminer les impôts nécessaires à la suite de la guerre. L'Assemblée lui

*Les États généraux étaient l'assemblée qui regroupait les représentants du royaume.

Faire la guerre coûte très cher et le roi doit lever de nouveaux impôts. En 1341, il généralisa la gabelle qui consistait à prélever la moitié du prix de vente du sel (À l'époque les aliments étaient conservés dans le sel) !

*On l'appelait ainsi parce que le corps des malades noircissait avant leur mort.

reproche cette lourde défaite. Pour le roi français, la fin de règne devient difficile. D'autant que, l'année suivante, la peste noire* venue d'Asie centrale, apportée par des marins italiens, ravage le pays. Environ une personne sur trois meurt à ce moment-là de cette maladie. On pense qu'elle fit peut-être 25 millions de victimes dans toute l'Europe !

La crise économique

Quand il meurt en 1350, Philippe VI de Valois a 57 ans. Il laisse le pays dans un piteux état. Il a accumulé les défaites et le pays va mal : depuis l'année précédente, la famine a gagné les villes et les campagnes, faute de main-d'œuvre dans l'organisation des récoltes. À cause, aussi, de mauvaises conditions climatiques. Toutefois, avant de mourir, Philippe conclut une trêve avec son rival anglais car les deux camps sont épuisés. Elle durera jusqu'en 1355.

Le surnom de « Bon » signifie qu'il était brave dans le maniement de l'épée.

Portrait du roi de France Jean le Bon.

Un roi maladroit

Jean II le Bon a 31 ans lorsqu'il prend la succession de son père. La France est sinistrée mais il préfère s'amuser et organiser des fêtes à Paris ! À cette époque, le Prince Noir, le fils d'Édouard III, prend la relève de son père et se lance de nouveau à l'assaut de la

France. Jean le Bon essaie de l'arrêter près de Poitiers, en 1356, mais la bataille est un désastre pour les armées françaises. Le roi est obligé de se battre à pied et il est fait prisonnier.

Jean le Bon offrant au pape Clément VI un diptyque, lors de sa visite en Avignon, en 1342.

La réunion des États

Après la catastrophe de Poitiers, le dauphin Charles, âgé de 18 ans, prend le titre de lieutenant du roi Jean. Très vite, il doit convoquer les États généraux pour faire face à la situation critique. Le roi prisonnier n'a plus aucun prestige et Charles est contraint de faire de nombreuses concessions. En même temps, les bourgeois de Paris se révoltent, menés par Étienne Marcel, devenu

En 1349, le Dauphiné (à l'est du Rhône) est entré dans le domaine royal. Le fils du roi sera donc le premier à porter le titre de « dauphin ».

© Paris, Bibliothèque Nationale de France

Banquet offert par Charles V à l'empereur Charles IV. *Les Grandes Chroniques de France*. Jean Fouquet. Vers 1460.

prévôt des marchands, et soutenus par le roi de Navarre Charles le Mauvais*. Le 22 juin 1358, une émeute éclate à Paris et une foule envahit les appartements du roi. Deux de ses conseillers sont tués sous ses yeux et Charles doit quitter Paris précipitamment, juste après s'être déclaré « régent » pour mieux assurer son pouvoir…

*Il fut surnommé ainsi en raison de ses nombreuses trahisons !

La grande Jacquerie

C'est alors qu'en Île-de-France, en Champagne et en Picardie, les paysans se soulèvent. Leur insurrection prend le nom de « Jacquerie ». Ce n'est pas une révolte contre la misère : ils protestent essentiellement contre les impôts qui les assaillent et montrent leur inquiétude face à la crise économique. Charles parvient à reprendre la capitale et Étienne Marcel est assassiné le 31 juillet pour avoir voulu ouvrir les portes de Paris aux Anglais. Le roi laisse également le soin à la noblesse effrayée d'écraser la Jacquerie et c'est Charles le Mauvais qui se charge de réprimer dans le sang la révolte paysanne.

Étienne Marcel protégeant le dauphin (détail), par Jean-Paul Laurens. 1892-1895. Paris, Hôtel de Ville, salon Lobau.

Les traités de paix

Pendant ce temps-là, le roi Jean II le Bon, toujours prisonnier en Angleterre, essayait de négocier sa libération. En 1359, il signe un traité par lequel il cède aux Anglais la moitié de son royaume. Devant le prix exorbitant à payer, les États généraux et le futur Charles V s'y opposent. Furieux, Édouard III s'attribue alors le titre de roi de France et d'Angleterre et débarque en France pour s'y faire sacrer. Mais partout on l'ignore et, dépité, il est contraint de retourner chez lui. Le 8 mai 1360, un traité plus avantageux pour la France est alors signé à Brétigny par le régent de la France et le Prince Noir. Édouard III renonce au titre de roi de France mais il conserve l'Aquitaine et exige une rançon de 3 millions d'écus d'or !

La fin de Jean II le Bon

En attendant le paiement de la rançon, le roi d'Angleterre réclame plusieurs otages en échange de la libération du roi français. L'un d'eux, le fils de Jean II, s'évade, impatient de retrouver sa jeune épouse qui l'attend. Pour prouver sa bonne foi et en vrai chevalier, le roi de France retourne à Londres se constituer prisonnier. Il y meurt en 1364.

Charles V et Jeanne de Bourbon entourés de leurs enfants : à leurs pieds, le traducteur Jean Golein. *Rational des divins offices* de Durand de Mende. 1374.

En toute logique, Charles est sacré roi et prend la succession.

Le redressement du pays

Quand il succède à son père, Charles V est déjà aux commandes du pays depuis 8 ans et il est sorti grandi de toutes les difficultés. En mai, il écrase les troupes de Charles le Mauvais à Cocherel, avec l'aide de Bertrand Du Guesclin, un chevalier breton. Il restaure également la sécurité en débarrassant le royaume des Grandes Compagnies*. À partir de 1369, les armées royales emmenées par Du Guesclin reprennent une partie de l'Aquitaine cédée au traité de Brétigny. En 1378, une trêve est signée.

*Inactifs pendant les trêves de la guerre de Cent Ans, des soldats anglais et français se sont organisés en bandes, les Grandes Compagnies, pour piller les villes et les campagnes.

La folie de Charles VI

À la mort de Charles V, en 1380, son fils hérite d'un royaume devenu puissant. Comme il a moins de 12 ans, on le soumet à la tutelle de ses oncles. Mais en 1392, Charles VI devient fou et sa démence favorise les intrigues autour de lui. Ses oncles, le duc d'Orléans et le duc de Bourgogne, se disputent le pouvoir. Le premier est assassiné en 1407 sur ordre du second. Une véritable guerre civile éclate entre les Bourguignons d'un côté et les Armagnacs, qui veulent venger le souvenir du duc d'Orléans, de l'autre.

En août 1392, dans la forêt du Mans, Charles VI dégaine son épée contre ses compagnons et son frère échappe de justesse à la mort. Il tua tout de même 45 personnes ! L'année suivante, dans un bal, il met le feu par accident au déguisement de plusieurs convives, ce qui n'améliora pas son état mental !

Le retour de la guerre

Pendant que les deux camps se livrent à d'horribles massacres, le roi d'Angleterre Henri V en profite pour reprendre les combats. Il remporte une importante victoire à Azincourt, le 25 octobre 1415, à l'occasion de laquelle 9 000 chevaliers français trouvent la mort. En 1419, les Anglais occupent la Normandie et à la fin du mois de juillet, ils sont aux portes de Paris qui est sous le contrôle des Bourguignons. En 1420, le traité de Troyes livre le pays à Henri V qui devient l'héritier du royaume de France.

© G. Dagli Orti

Entrée de Jeanne d'Arc au château de Loches, rencontre avec Charles VII en 1429 (détail). Alexandre Millin du Perreux, Château de Loches.

Jeanne d'Arc

À la mort de Charles VI en 1422, le royaume est presque entièrement occupé par les Anglais. Le dauphin, Charles VII, a été déclaré bâtard par sa propre mère, Isabeau de Bavière, qui a participé aux négociations du traité de Troyes et il est exclu du trône. Reconnu par quelques régions françaises, il est tout de même le « roi de Bourges » mais il n'a ni véritable gouvernement, ni armée digne de ce nom. En 1429, la ville d'Orléans est assiégée et Charles s'apprête à fuir. Mais le 6 mars, il fait la connaissance à Chinon d'une petite bergère de 16 ans, venue de Lorraine : elle s'appelle Jeanne d'Arc.

Des victoires au bûcher

Jeanne d'Arc, persuadée d'être investie d'une mission divine, force les portes du roi et le convainc de poursuivre la résistance. Elle se fait donner une armure, une bannière blanche et une armée et, de nuit, elle entre dans Orléans. Quelques jours plus tard, le 8 mai 1429, elle parvient à contraindre les Anglais à lever le siège. Le 18 juin, elle met en déroute à Patay une armée anglaise. Puis, elle entraîne le dauphin jusqu'à Reims, avec 10 000 hommes pour ouvrir la route. Le 17 juillet, elle le fait sacrer et fait de lui « le vrai roi ». Si bien qu'une bonne partie du royaume se rallie rapidement à lui…

Mais en 1430, Jeanne d'Arc tombe aux mains des Bourguignons, à Compiègne, et elle est vendue aux Anglais. Elle est alors condamnée pour sorcellerie et brûlée vive sur la place du Vieux-Marché de Rouen, le 30 mai 1431, sans que Charles VII ne songe à la sauver.

En 1450, Charles VII demanda la révision du procès de Jeanne d'Arc. Six années après, elle fut réhabilitée. Et plusieurs siècles plus tard, en 1920, elle fut canonisée, puis proclamée patronne de la France en 1922.

La reconquête du pouvoir

L'extraordinaire combat de Jeanne d'Arc marque le début de la reconquête de la

© G. Dagli Orti

Portrait de Charles VII. Jean Fouquet. Vers 1450. Paris, musée du Louvre.

souveraineté. En 1435, Charles VII signe le traité d'Arras qui cède au duc de Bourgogne plusieurs territoires, mais qui permet surtout de détacher la Bourgogne de l'alliance anglaise. Désormais, le roi peut réinvestir Paris et il fait une entrée solennelle dans la ville le 12 novembre 1437. En 1447, Charles VII rassemble une armée de 15 000 hommes ; il peut aussi compter sur son artillerie, la plus puissante d'Europe. De nouvelles machines de guerre apparaissent, comme les couleuvrines, des canons très maniables. Il a désormais toutes les chances de succès dans le combat contre l'Angleterre.

La fin de la guerre de Cent Ans

Le 15 avril 1450, Charles remporte la victoire de Formigny et récupère la Normandie. Trois ans plus tard, la victoire de Castillon lui permet de retrouver la Guyenne. C'en est finit de la guerre de Cent Ans. Seule la ville de Calais restera encore, pour un siècle, aux mains des Anglais. Mais à cette exception près, le royaume est totalement libéré dès 1453.

En 1475, le roi Louis XI achètera le départ de France d'Édouard VI débarqué à Calais. Ils signeront tous les deux le seul traité officiel mettant fin à cette guerre.

La relance de l'activité économique

Si la France est libérée, il reste à prendre des mesures pour relancer l'économie. De nombreuses villes ont été désertées par toutes ces années de conflit et des loups, raconte-t-on, rôdent dans Paris. Pour remettre en culture les terres en friche, les paysans sont dispensés de payer certains impôts. Et des accords d'échanges commerciaux sont signés avec les pays méditerranéens.

Jacques Cœur est le plus célèbre des hommes d'affaires de l'époque. Ses navires vont chercher en Orient des épices et de nombreux autres produits appréciés.

Louis XI à Péronne. *Histoire de France des Écoles Primaires*, S. Viator et C. Francillon.

Des débuts difficiles

Louis XI a 37 ans quand il prend la succession de son père Charles VII. On le sait ambitieux et il a même comploté de nombreuses fois contre son père ! Comme il a passé l'âge de jouer les chevaliers, il préfère gouverner de son cabinet. Il est aussi très rusé et habile en diplomatie. Ce talent va lui servir quand, en 1465, il doit faire face à la révolte des Grands qui créent la ligue du Bien public pour lutter contre le poids du pouvoir royal. Celle-ci est dirigée par le propre frère du roi, Charles de France, à la tête de plus de 60 000 hommes. En octobre, Louis XI est contraint de signer deux traités par lesquels il cède presque toutes ses possessions. Mais dès l'année

Louis XI était décrit comme un homme rusé et calculateur, capable de se mêler à la foule pour entendre ce qui se disait. Un chroniqueur de l'époque l'a comparé à une « universelle araignée » qui tisse sa toile pour y faire tomber ses adversaires…

suivante, il récupère une partie de ses terres en appliquant son style politique : reprendre ce qu'il avait apparemment lâché ; et il vient ainsi à bout de ses opposants.

La lutte contre les Bourguignons

Le principal problème du règne de Louis XI reste la Bourgogne. Charles le Téméraire, duc en 1467, a l'ambition de créer un royaume en annexant les territoires situés entre ses possessions du Nord et du Sud*. En 1468, Louis XI attise une révolte des Liégeois contre Charles le Téméraire mais celui-ci découvre le complot alors qu'ils se rencontrent à Péronne pour régler « à l'amiable » leurs différends. Le roi est fait prisonnier et il se voit contraint de signer l'humiliant traité de Péronne par lequel il cède ses droits sur la Flandre.

*À l'époque, les ducs de Bourgogne possèdent, au Nord, une partie du Luxembourg et de la Hollande, la Bourgogne et, au Sud, la Franche-Comté.

La mort de Charles le Téméraire

Il faudra 10 ans à Louis XI pour venir à bout de son ennemi, avec le soutien du duc de Lorraine et des Suisses. En 1477, Charles le Téméraire est tué devant la ville de Nancy qui s'est soulevée contre lui. Son cadavre est retrouvé deux jours plus tard sous la neige… Ravi, Louis XI s'empare du duché de Bourgogne et de la Picardie. Il laisse toutefois à Marie de Bourgogne, la fille du

Téméraire, et à son mari l'archiduc Maximilien d'Autriche, l'Artois et la Franche-Comté. Par ailleurs, le roi récupère aussi avec habileté l'Anjou, le Maine, la Provence et le Roussillon. Quand il meurt en 1483, Louis XI a considérablement agrandi le domaine royal qui se rapproche des frontières actuelles que nous connaissons.

La Renaissance italienne

Alors que la France sort tout juste de la guerre de Cent Ans, l'Italie est, dès la fin du XVe siècle, le berceau intellectuel et artistique de l'Europe. Dans les grandes villes italiennes, on se passionne pour les arts et les princes encouragent et financent les artistes. Cette « Renaissance » se caractérise aussi par une nouvelle façon d'apprendre et de penser, l'humanisme, qui s'appuie sur la redécouverte de l'Antiquité grecque et romaine, souvent à travers des manuscrits venus de Constantinople*. Les humanistes placent l'homme au centre de leurs préoccupations. Ils mettent en valeur sa liberté de penser et d'agir, alors qu'au Moyen Âge l'enseignement consistait surtout à étudier les questions religieuses et à apprendre de complexes

© Armand Colin, 1889

*Après la prise de Constantinople par les Turcs en 1453, les savants grecs se sont réfugiés en Italie, apportant dans leurs bagages des manuscrits de l'Antiquité grecque.

Les humanistes étaient peintres et savants comme Léonard de Vinci ; sculpteurs et peintres comme Michel-Ange ; médecins et écrivains comme Rabelais. En racontant de façon comique les aventures de géants (Pantagruel, Gargantua et Grandgousier), ce dernier se moque de la bêtise et de la violence de ses contemporains.

Gutenberg, inventeur de l'imprimerie. *L'Année préparatoire d'Histoire de France*, E. Lavisse.

C'est vers 1440 que l'imprimeur allemand Gutenberg met au point une invention qui permet à l'imprimerie de se développer rapidement. Il a en effet l'idée de fabriquer des caractères en plomb mobiles et métalliques que l'on peut assembler à sa guise pour composer des phrases. Disposés dans un moule, il suffisait de passer de l'encre dessus puis d'y appuyer une feuille pour que les textes s'impriment.

traités en latin. L'invention de l'imprimerie accélère aussi la diffusion des connaissances et des idées.

Les guerres d'Italie

En France, la fille aînée de Louis XI est régente en attendant que son frère, Charles VIII, atteigne sa majorité. En 1491, elle marie le jeune roi à Anne de Bretagne, héritière du duché de Bretagne, qui est ainsi rattaché à la couronne de France. Grand amateur de récits de chevalerie, Charles VIII se lance à la conquête de l'Italie dès que le pouvoir lui revient. Il monte une expédition pour reconquérir le royaume de Naples sous le prétexte qu'il appartenait par le passé à la famille française d'Anjou. La victoire est magnifique et tout le sud de l'Italie est rapidement sous domination française. Mais aveuglé par le succès, Charles ne voit pas la ligue qui se forme contre lui. Il doit battre en retraite et parvient de justesse à regagner la France.

Charles VIII et la couronne royale (détail). *Louanges de la France*. Vers 1497.

Un accident stupide

Il ne reste rien des conquêtes italiennes, si ce n'est, pour Charles VIII, le souvenir ébloui de la beauté italienne. D'ailleurs il a rapporté de nombreuses œuvres d'art, des meubles et des tapisseries. Il transforme le château d'Amboise en une résidence magnifique. Mais en 1498, le roi heurte bêtement le linteau d'une porte de son château. Le coup est si violent qu'il meurt quelques heures après, à peine âgé de 28 ans.

La poursuite de la conquête italienne

Le successeur de Charles VIII, mort sans enfant, n'est autre que son cousin Louis d'Orléans. Devenu Louis XII, il épouse Anne de Bretagne, la veuve de Charles, pour conserver le duché qui appartient à celle-ci ! À son tour, le nouveau roi s'intéresse à l'Italie. Il réclame le Milanais, dans le nord, et il s'efforce de reprendre Naples. Mais après bien des péripéties, il ne parvient pas à conquérir durablement ces territoires. Il meurt dans la nuit du 31 décembre 1514, sans descendant mâle pour lui succéder.

Louis XII, roi de France, et la reine Anne de Bretagne. École française du XVIe siècle, Chantilly, musée Condé.

© Dagli Orti

François Ier.
Jean et François Clouet. Vers 1535. Paris, musée du Louvre.

François Ier, un roi prestigieux

C'est François Ier qui prend la suite, le 1er janvier 1515. L'année précédente, il a épousé la fille de Louis XII, Claude de France. Dès son avènement, il part à son tour conquérir l'Italie et remporte une éclatante victoire à Marignan contre les Suisses qui gardaient Milan. Mais dès 1521, François Ier doit affronter l'autre grand souverain, Charles Quint, roi d'Espagne depuis 1516 et élu empereur germanique en 1519. Il règne sur une grande partie de l'Europe et François Ier n'entend pas se laisser intimider. Très vite, cinq guerres éclatent, réparties sur près de 40 ans. En 1525, le roi de France est fait prisonnier à Pavie et il n'est libéré qu'un an plus tard, en l'échange de ses deux fils gardés en otage…

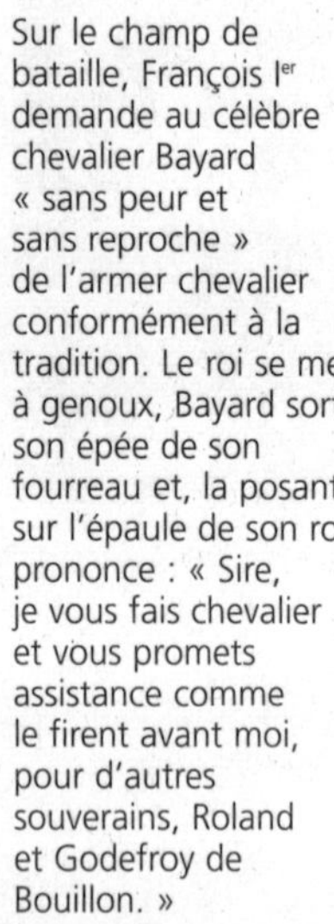
Sur le champ de bataille, François Ier demande au célèbre chevalier Bayard « sans peur et sans reproche » de l'armer chevalier conformément à la tradition. Le roi se met à genoux, Bayard sort son épée de son fourreau et, la posant sur l'épaule de son roi, prononce : « Sire, je vous fais chevalier et vous promets assistance comme le firent avant moi, pour d'autres souverains, Roland et Godefroy de Bouillon. »

La Renaissance italienne gagne la France

Les guerres en Italie ont permis aux soldats français de découvrir les splendeurs de la Renaissance. De retour au pays, François Ier fait venir plusieurs artistes tels que Léonard de Vinci qui s'installe près d'Amboise. Partout, on construit de superbes châteaux ornés de jardins à l'italienne. François Ier lui-même fait édifier Chambord avec son célèbre escalier double en spirale. Il favorise également les grands voyages d'exploration, dont celui de Jacques Cartier qui découvre le Canada en 1534.

François Ier reçoit Benvenuto Cellini à Fontainebleau en 1540. Assiette du « service historique de Fontainebleau ».

Le château de Chambord, un des chefs-d'œuvre de l'architecture française, abrite 440 pièces et 365 cheminées. *Histoire de France des Écoles Primaires*, S. Viator et C. Francillon.

Surnommé le « père des lettres », François Ier a obligé les imprimeurs à donner à l'État un exemplaire de chaque ouvrage publié. C'est une pratique perpétuée encore aujourd'hui. En 1530, il a aussi fondé le Collège de France où l'on étudie le grec ancien, l'hébreu et les mathématiques.

La naissance du protestantisme

La religion n'échappe pas aux bouleversements apportés par la Renaissance. Dès 1517, l'Allemand Luther et, plus tard, le Français Calvin proposent une réforme du christianisme. Ils critiquent durement l'Église catholique et le pape, à qui ils reprochent de vendre aux croyants des indulgences*. Leurs idées, bien que condamnées par l'Église, se répandent dans toute l'Europe. En France, les adeptes de cette nouvelle religion sont appelés les « réformés », les « huguenots » ou les « protestants ». François Ier, un moment séduit par ces idées religieuses nouvelles, condamne finalement le protestantisme et choisit la voie de la répression à partir de 1534. Les protestants sont arrêtés et une longue persécution commence dès la fin du règne de François Ier.

*Les indulgences permettaient à ceux qui les achetaient de « racheter » leurs fautes et d'aller au paradis après leur mort.

Au Moyen Âge, la langue d'oïl était parlée au nord de la Loire (« oui » se disait « oïl ») et la langue d'oc au sud (« oui » se didait « oc ») ! Avec François Ier, le français devient la langue officielle. Pourtant, de nombreux patois subsistent.

La fin des guerres d'Italie

Henri II, le fils de François Ier n'a, comme son père, qu'une seule préoccupation : poursuivre la lutte contre son rival Charles Quint. En 1556, ce dernier cède le pouvoir à ses deux fils, Philippe II qui devient roi d'Espagne et Ferdinand qui devient empereur d'Allemagne. En 1559, le traité de Cateau-Cambrésis met définitivement fin à la lutte, après plusieurs dizaines d'années

Entrée d'Henri II à Rouen, le 1er octobre 1550 : cortège des chevaliers passant devant la tribune d'Henri II. Rouen, bibliothèque municipale.

de conflit. Les Habsbourg conservent le Milanais tandis que la France conserve Metz, Toul et Verdun dont elle s'était emparée en 1552. Calais revient à la France. Pendant la fête donnée en l'honneur de ce traité, Henri II est blessé à l'œil lors d'un tournoi et il meurt 10 jours plus tard.

Le temps des guerres de Religion

Le fils de Henri II, François II, n'a que 15 ans à la mort de son père. Il est en mauvaise santé et on le dit alors incapable de gouverner. Sa mère, Catherine de Médicis, confie la direction du royaume au duc François de Guise et à son frère Charles de

Catherine de Médicis.

Lorraine. François de Guise engage alors une terrible répression contre les protestants. Parmi eux, certains organisent alors un complot pour soustraire le roi à l'influence de ses deux régents. C'est la Conjuration d'Amboise, en 1560. Mais leur tentative est mise au jour et les conjurés sont arrêtés et pendus. D'autres encore finissent noyés dans la Seine. Ce massacre déclenche une série de guerres civiles, les guerres de Religion, qui ensanglantent le pays pendant plus de 30 ans, de 1562 à 1593.

Le massacre de la Saint-Barthélemy

Charles IX. François Clouet. 1561. Vienne, Kunsthistorisches Museum.

À la mort de son frère, le deuxième fils d'Henri II, Charles IX monte sur le trône. Mais comme il est trop jeune, c'est à nouveau sa mère Catherine de Médicis qui assure la régence pendant quelques années. En 1572, elle persuade son fils de faire assassiner les principaux chefs protestants réunis à Paris. Le matin du 24 août, jour de la Saint-Barthélemy, la plupart des chefs sont tués avec des milliers d'autres protestants. Charles IX meurt en 1574 en s'écriant pris de remords : « Que de sang, que de sang ! »

La fin des Valois

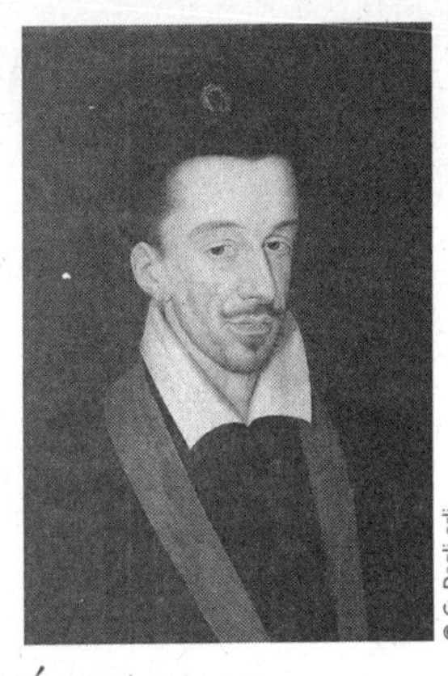

© G. Dagli orli

Henri III.
Vers 1582-1586.
François Quesnel,
Paris, musée
du Louvre.

Son frère, Henri III, duc d'Anjou, lui succède. En fin politique, il essaie de concilier catholiques et protestants. Il accorde aux protestants le droit de célébrer leur culte et de pouvoir accéder à toutes les fonctions. Mais le duc de Guise rassemble tous les catholiques mécontents et fonde la Sainte Ligue. Il annonce également son intention de devenir roi à la place de Henri III, ce qui lui vaut d'être assassiné en 1588. Un an plus tard, un moine fanatique tue à son tour le roi d'un coup de poignard. Henri III n'a pas d'héritier et il n'a plus de frères en vie. La dynastie des Valois s'éteint.

© RMN

Bal à la cour d'Henri III. École franco-flamande. Vers 1582, Paris, musée du Louvre.

La France en 1328

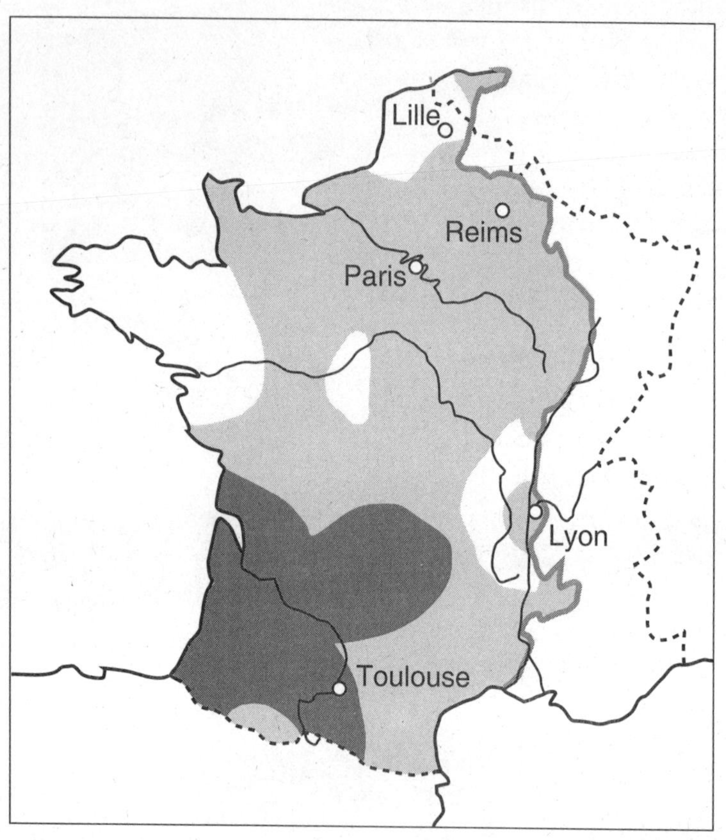

Limites du royaume
Frontières actuelles
Royaume de France
Possessions anglaises

La France à la mort de Louis XI en 1483

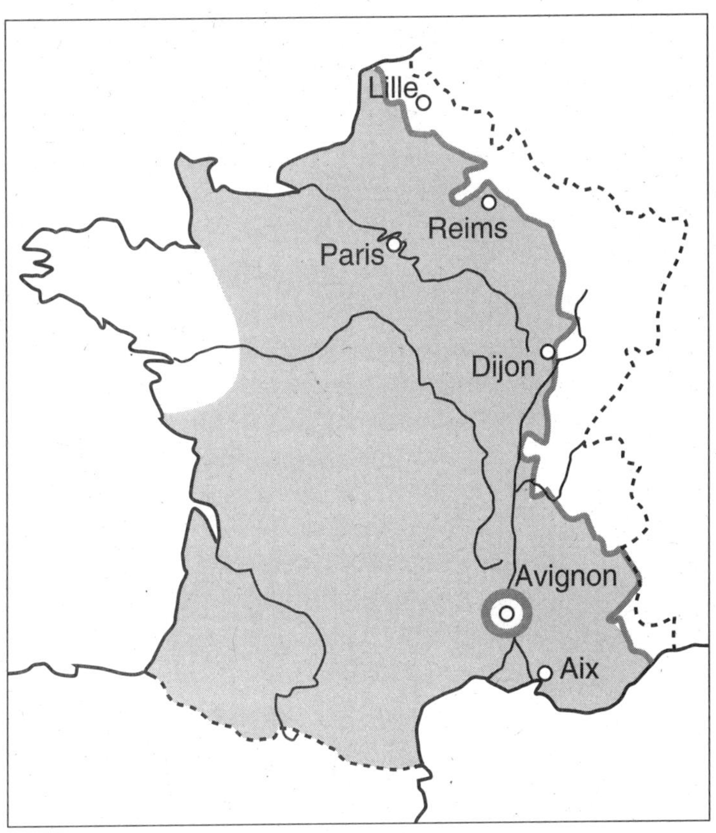

Limites du royaume

Royaume de France

Frontières actuelles

GÉNÉALOGIE DES VALOIS

Valois Directs

PHILIPPE VI de Valois
1293-1350
roi de France (1328-1350)

ép.1, en1313, Jeanne de Bourgogne,
fille du duc Robert II (morte en 1348)

JEAN II le Bon
1319-1364
roi de France (1350-1364)

ép.1, en 1332, Bonne de Luxembourg,
fille de Jean Ier, roi de Bohême (morte en 1349)

CHARLES V le Sage
1338-1380
roi de France (1364-1380)

ép. en 1350 Jeanne de Bourbon,
fille du duc Pierre Ier (morte en 1377)

CHARLES VI le Fou
1368-1422
roi de France (1380-1422)
ép. en 1385 Isabeau de Bavière, fille du duc Étienne II (morte en 1435)

LOUIS d'Orléans
1372-1407
duc d'Orléans

DYNASTIE DES VALOIS-ORLÉANS

CHARLES VII le Victorieux
1403-1461
roi de France (1422-1461)

ép. en 1422 Marie d'Anjou,
fille du roi de Naples Louis II (morte en 1463)

LOUIS XI
1423-1483
roi de France (1461-1483)

ép.2, en 1451, Charlotte de Savoie,
fille du duc Louis II (morte en 1483)

CHARLES VIII
1470-1498
roi de France (1483-1498)

Fin de la branche directe des Valois

Valois-Orléans et Valois-Angoulême

LOUIS d'Orléans
1372-1407
duc d'Orléans
frère du roi Charles VI

ép. en 1389 Valentine Visconti,
fille de Jean-Galéas Visconti, duc de Milan
(morte en 1408)

CHARLES d'Orléans
1394-1465
duc d'Orléans
ép.3, en 1440, Marie de Clèves, fille du duc Adolphe IV (morte v. 1487)

LOUIS XII
1462-1515
roi de France (1498-1515)
ép. 2, en 1499, Anne de Bretagne, veuve du roi Charles VIII (morte en 1514)

JEAN d'Angoulême
v. 1400-1467
comte d'Angoulême
ép. en 1449 Marguerite de Rohan (morte en 1496)

CHARLES d'Angoulême
1459-1495
comte d'Angoulême, ép. en 1488 Louise de Savoie,
fille du duc Philippe II (morte en 1531)

Claude — ép. 1 en 1514 — **FRANÇOIS I**er
1494-1547
roi de France (1515-1547)

Marguerite
1492-1549
ép.2, en 1527, Henri II d'Albret, roi de Navarre (mort en 1555)

HENRI II
1519-1559
roi de France (1547-1559)
ép. en 1533 Catherine de Médicis, fille du duc
Laurent (morte en 1589)

CHARLES IX
1550-1574
roi de France (1560-1574)

HENRI III
1551-1589
roi de France (1574-1589)

Fin de la dynastie des Valois

Jeanne d'Albret
1528-1572
reine de Navarre
ép.2, en 1548, Antoine de Bourbon, duc de Vendôme,
descendant de Robert, fils du roi Louis IX (mort en 1562)

HENRI IV
1553-1610
roi de Navarre (1572-1610) - roi de France (1589-1610)

DYNASTIE DES BOURBONS

5. Les Bourbons

En 1589, les Bourbons prennent la succession des Valois. De Henri IV à Louis-Philippe, ils régneront pendant plus de 200 ans. En 1792, la proclamation de la Première République va mettre fin à plus de 1 000 ans de royauté. Mais 23 ans plus tard, la monarchie sera restaurée et les Bourbons reviendront au pouvoir pour quelques années encore.

Louis XIV.

Un roi protestant

Juste avant sa mort, Henri III a désigné son successeur en la personne de Henri de Bourbon, roi de Navarre*. Mais celui-ci est

*C'est le fief du Bourbonnais, au nord du Massif central, qui a donné son nom à la dynastie des Bourbons.

Henri IV.
Frans II Pourbus,
Vers 1610.
Paris, musée
du Louvre.

de religion protestante et la France, majoritairement catholique, refuse de le reconnaître. En 1593, il décide donc de renoncer à sa religion et se convertit au catholicisme. Il est sacré en 1594 et Paris lui ouvre enfin ses portes*. Son premier souci est de régler le problème des guerres de Religion. Quatre ans plus tard, en 1598, il publie l'édit de Nantes qui accorde aux protestants la liberté de culte** et la paix revient peu à peu.

*« Paris vaut bien une messe ! », aurait déclaré Henri IV à ce moment-là.

**L'édit de Nantes donne également aux protestants l'égalité devant la loi et l'accès à toutes les fonctions dans la société.

« Labourage et pâturage »

Il ne suffit pas de restaurer la paix, encore faut-il redresser la France, ruinée par des dizaines d'années de combats. « Qui aurait dormi 40 ans penserait voir non la France mais le cadavre de la France », dira le roi. Celui-ci confie à son ami Sully la charge de redresser l'économie.

En quelques années, ce dernier remet de l'ordre dans les finances et le pays redevient riche et prospère. Il allège la taille qui pénalise les paysans afin de favoriser le développement de l'agriculture.

Sully. *Histoire de France des Écoles Primaires*, S. Viator et C. Francillon.

Passionné d'agriculture, le surintendant des Finances Sully a déclaré : « Labourage et pâturage sont les deux mamelles de la France. »

© RMN

Henri IV relevant Sully à Fontainebleau. 1819. Château de Fontainebleau, galerie des Fastes.

Le « Vert-Galant »

Le siècle s'achève. Henri IV a 47 ans et il n'a toujours pas d'héritier. Sa femme, Marguerite de Valois (la « reine Margot »), ne vit pas vraiment avec lui, pour cause d'infidélité. Lui-même, surnommé le « Vert-Galant », car sa vie amoureuse se poursuit au-delà de sa jeunesse, a de nombreuses

Le Baptême de Louis XIII et de ses sœurs dans la cour Ovale.

maîtresses. Après avoir obtenu l'annulation de son mariage, Henri IV épouse en 1600 Marie de Médicis, la fille du grand-duc de Toscane, afin d'avoir un héritier. C'est chose faite : le futur Louis XIII naît l'année suivante…

Assassiné par Ravaillac

Le 14 mai 1610, Henri IV est assassiné alors que son carrosse est immobilisé rue de la Ferronnerie, à Paris. Le coup est porté par Ravaillac, un catholique fanatique*. Alors que le pays l'avait violemment rejeté à ses débuts, Henri IV devient, à sa mort, le plus populaire des rois de France. Il est resté dans les mémoires comme un roi généreux qui souhaitait que son peuple puisse mettre sur la table, chaque dimanche, une poule au pot…

*Avant cette dernière tentative réussie, Henri IV a échappé à 17 tentatives d'assassinats !

Assassinat de Henry Le Grand Roy de France.

La régence de Marie de Médicis

Quand Henri IV est assassiné, son fils Louis XIII n'a que 9 ans. Le parlement de Paris confie la régence à sa mère Marie de Médicis. Mais elle est très mal conseillée par un couple d'Italiens, Concino Concini et Leonora Galigaï. Ceux-ci vident sans scrupules les caisses du royaume en se faisant verser de gigantesques pensions. En quelques années, l'argent amassé par Henri IV et Sully s'est envolé. En 1617, Louis fait assassiner Concini et sa femme Leonora est brûlée comme sorcière !

Marie de Médicis. Frans II Pourbus, Vers 1609-1610. Paris, musée du Louvre.

Portrait en pied de Louis XIII. Château de Fontainebleau, salle du Trône.

Richelieu au secours du pouvoir

Après la disparition des Concini, la mère du roi et tous les ministres s'exilent à Blois et c'est un ami personnel de Louis XIII, Luynes, qui gouverne. Mais sa politique n'est guère plus éclairée et les nobles se révoltent, accompagnés par les

Pour reprendre le pouvoir, Marie de Médicis n'hésitera pas à organiser plusieurs complots contre son propre fils.

Richelieu.
Philippe de
Champaigne,
Vers 1640.

protestants qui se soulèvent dans plusieurs provinces. La situation change quand, en 1624, le roi appelle près de lui le cardinal de Richelieu qui devient chef du Conseil. Il sera le bras droit de Louis XIII pendant 18 ans, réprimant durement les révoltes et déjouant les cabales, bien décidé à renforcer le pouvoir royal… En 1627, Richelieu fait le siège de la ville protestante de La Rochelle qui a fait appel aux troupes anglaises. Et deux ans plus tard, l'édit d'Alès laisse aux protestants la liberté de culte, conformément à l'édit de Nantes, mais leur retire leurs places fortes qui constituent « un État dans l'État ».

La journée des Dupes

Le cardinal de Richelieu frappe fort et dur dès que nécessaire. Grâce à de redoutables services secrets, il déjoue tous les complots. La famille du roi en fait même les frais : en ce lundi 11 novembre 1630, la reine Marie de Médicis est persuadée que Richelieu est en disgrâce. Elle vient chez son fils lui demander son renvoi. Mais Louis XIII refuse et renouvelle à son ministre toute sa confiance. La reine est obligée de s'exiler ; elle et ses amis ont été dupés. C'est la « journée des Dupes »...

À cette époque, le premier journal apparaît en France. C'est *La Gazette*, de Théophraste Renaudot. On y trouve déjà des petites annonces et de la publicité. Mais tout ce qui y était écrit était contrôlé par les services du roi.

La puissance de la France

Grâce à Richelieu, la France est au premier rang des nations en Europe. En 1635, il déclare officiellement la guerre à l'Espagne, l'autre grande puissance européenne, d'abord contre Philippe IV d'Espagne, puis, deux ans plus tard, contre l'empereur Ferdinand III. Dans un premier temps, les Français subissent de nombreuses défaites, puis ils remportent plusieurs succès. Cette guerre de Trente Ans (commencée en 1618) s'achève en 1648, après avoir été l'un des conflits les plus meurtriers d'Europe. Peu de temps auparavant, le 4 décembre 1642, Richelieu est mort d'épuisement, 6 mois avant Louis XIII qui disparaît à

Les Trois Mousquetaires, le célèbre roman d'Alexandre Dumas, publié en 1844, a rendu célèbres les mousquetaires du roi, dont le nom vient de leur arme à feu, le mousquet. D'Artagnan, Athos, Porthos et Aramis ont réellement existé mais ils se sont battus à des époques différentes.

Saint-Germain-en-Laye, victime de la tuberculose. C'était quelques jours seulement avant l'éclatante victoire de ses troupes à Rocroi, en mai 1643.

L'avenir des Bourbons

Avant cela, en 1638, le miracle a eu lieu : la reine Anne d'Autriche est enfin tombée enceinte, après 22 ans de mariage. Elle a mis au monde, le 5 septembre, un fils baptisé Louis-Dieudonné, le futur Louis XIV. Quand son père meurt, il n'a que 5 ans mais sa mère assure la régence en attendant sa majorité, aidée par le cardinal Mazarin, un ancien collaborateur de Richelieu. Très vite, leur autorité est contestée par les hauts magistrats du Parlement et par les grands seigneurs.

Mazarin. *Histoire de France des Écoles Primaires*, S. Viator et C. Francillon.

La Fronde

La rébellion qui s'installe en 1648 est appelée la Fronde. Elle commence par l'apparition de « mazarinades », des chansons contre les impôts du ministre Mazarin. Mais la situation s'envenime vite et des barricades sont dressées dans les rues de Paris. Dans la nuit du 5 au 6 janvier 1649, le roi, la régente et le cardinal doivent fuir se réfugier à

Saint-Germain-en-Laye pour un temps. En 1652, la révolte s'achève et le roi rejoint la capitale. L'ordre est rétabli mais Louis XIV garde de cette période une grande méfiance à l'égard de la noblesse et des puissants.

La fin de la guerre d'Espagne

Malgré la crise intérieure délicate que traverse le pays, Mazarin réussit à mettre fin à la guerre avec l'Espagne. En 1659, la paix des Pyrénées assure à la France le Roussillon et la Cerdagne au sud ; l'Artois et quelques villes au nord. En même temps, il est convenu du mariage de la fille du roi d'Espagne, Marie-Thérèse d'Autriche, avec Louis XIV.

« L'État, c'est moi ! »

À la mort de Mazarin, en 1661, Louis XIV décide de régner seul. « L'État, c'est moi ! », déclare-t-il, à la surprise générale, alors qu'il

Louis XIV écoutant Colbert lui présenter les membres de l'Académie royale des sciences. 1667. Musée national du château de Versailles.

Outre le commerce, le ministre de la Guerre Louvois réorganise l'armée pour faire face aux guerres décidées par le roi. Vauban, l'un de ses collaborateurs, construit près de 300 places fortes aux frontières du pays.

n'a que 23 ans. Pendant 54 ans, il va travailler avec acharnement à renforcer l'image de la monarchie. Il s'entoure néanmoins d'excellents collaborateurs, comme Louvois et Colbert. Ce dernier développe l'industrie et le commerce en créant des entreprises d'État, comme la manufacture des Gobelins pour les tapisseries ou celle de Saint-Gobain pour les miroirs, dont les productions se vendent dans l'Europe entière.

La cour du Roi-Soleil

Environ 10 000 courtisans sont attachés aux services de la cour. Les officiers de la Bouche et du Gobelet sont par exemple chargés des repas.

Pour éviter de nouvelles révoltes des nobles, le roi décide de les garder près de lui… pour mieux les surveiller ! Il s'entoure ainsi d'une cour, prête à tout pour plaire à celui qui a choisi le soleil comme symbole. Chaque moment de sa vie devient un spectacle. Pour les courtisans, c'est un grand honneur que d'assister au lever du roi, à son repas, et même de lui passer sa chemise ou son pot de chambre !

Louis XIV et ses ministres (détail). Gravure de l'almanach royal de 1684. Paris, Bibliothèque nationale de France.

Le château de Versailles

Depuis la Fronde, Louis XIV se méfie de Paris. Dès 1661, il fait transformer son pavillon de chasse de Versailles en somptueux palais. Pendant 20 ans, 36 000 hommes travaillent sur le chantier et le roi s'entoure des meilleurs artistes de son époque, tels le peintre Le Brun, les architectes Le Vau et Mansart ou Le Nôtre qui organise les jardins. En 1682, la cour s'installe définitivement au palais de Versailles. De nombreuses fêtes, des concerts ou des représentations théâtrales ont lieu dans les salons ou dans le parc.

En même temps, Louis XIV soutient des écrivains comme Racine ou Boileau. Il protège aussi les artistes critiqués comme Molière qui est accusé de dénigrer la société de son temps. En échange, ceux-ci célèbrent la gloire du souverain.

Photo : Jane David

Le château de Versailles.

La lutte contre les protestants

Pendant qu'à Versailles le roi et ses courtisans vivent dans le faste et les réjouissances, le peuple souffre de plus en plus, affamé par les disettes et les épidémies. Au sein même du royaume, Louis XIV ne supporte plus que l'on pratique une autre religion que la sienne et il s'attaque aux protestants. En 1685, il révoque l'édit de Nantes qu'Henri IV leur avait accordé. Les temples

© AKG, Paris

Récitation du petit catéchisme de Martin Luther et leçon de chant dans une salle d'école protestante. Gravure allemande (Holzschnitt, 1592).

sont détruits. Les protestants sont obligés de devenir catholiques. Des dizaines de milliers d'entre eux préfèrent quitter le pays et la France s'appauvrit davantage. Néanmoins, le roi mène de nombreuses guerres contre les pays voisins pour affirmer sa puissance.

Une triste fin de règne

Quand le Roi-Soleil s'éteint à Versailles, à l'âge de 77 ans, le pays est ruiné et les Français sont à bout de souffle. Le déficit de l'État est alarmant. Louis XIV a juste le temps de regretter certains de ses actes et il met en garde le futur Louis XV contre les guerres. Il lui recommande également de soulager ses sujets, écrasés par les impôts.

Louis XIV sur son lit de mort, dira : « J'ai trop aimé les guerres et les bâtiments. »

© RMN

Louis XV en grand costume royal. Hyacinthe Rigaud 1715. Versailles, Musée national du Château.

Louis XV le « Bien-Aimé »

Quand Louis XIV disparaît, son fils, le Grand Dauphin, est mort quelques années plus tôt. C'est donc son arrière-petit-fils qui lui

© RMN

Philippe, duc d'Orléans, dans son cabinet de travail avec son fils le duc de Chartres. École française. Début du XVIIIe siècle. Versailles, Musée national du Château.

succède, sous le nom de Louis XV. Celui-ci n'a que 5 ans et demi et il a déjà perdu toute sa famille, emportée par la rougeole*. En attendant sa majorité, il est placé sous la régence de son oncle Philippe d'Orléans jusqu'en 1723. Après les années austères du règne précédent, une époque de plaisirs, de fêtes et de prospérité fait suite. Quand Louis XV commence à exercer le pouvoir en 1723, il est si populaire qu'on le surnomme le « Bien-Aimé ».

Le cardinal de Fleury

Dès le début de son règne, Louis XV laisse le gouvernement à ses ministres. En 1726, c'est le cardinal de Fleury qui en a la charge. Celui-ci favorise le commerce en faisant construire un réseau de bonnes

*À cette époque, Louis XV ne doit la vie qu'à sa gouvernante qui l'a soustrait à la médecine de son temps – les purges et les saignées !

Au XVIIIe siècle, la France est le pays le plus peuplé d'Europe. La population française passe en cent ans de 22 millions à 29 millions d'habitants. Les grandes épidémies, comme la peste, disparaissent.

Les caisses de l'État sont vides. Afin de les renflouer, l'Écossais John Law proposa au régent d'émettre de la monnaie de papier, en plus des pièces d'or et d'argent qui existaient déjà. Il ouvrit une banque dans laquelle les gens venaient échanger leurs pièces contre des billets. Mais en 1720, tout le monde prit peur et voulut se débarrasser de sa monnaie de papier. L'État réussit toutefois à payer les dettes laissées par Louis XIV mais les Français se méfièrent encore pour longtemps de la monnaie de papier.

routes et l'agriculture et l'industrie se développent. Le commerce international connaît également un grand essor : les produits venus des colonies des Antilles, comme le café, le sucre, le tabac, le rhum ou le cacao, sont vendus très chers.

Partant de Nantes ou de Bordeaux, les négociants gagnaient l'Afrique pour y acheter des esclaves noirs. Transportés dans de terribles conditions, ceux-ci étaient ensuite vendus comme main-d'œuvre pour les plantations des Antilles, en échange des denrées recherchées…

Victoires et défaites

Au lendemain de la mort du cardinal de Fleury, en 1743, le roi décide de gouverner seul. Mais Louis XV est indécis et il donne l'impression de ne pas s'intéresser en permanence à l'exercice du pouvoir. Toutefois, il se passionne pour les affaires militaires et il participe aux guerres qui touchent l'Europe. À la bataille de Fontenoy, en 1745, il remporte une grande victoire contre les Anglais et les Hollandais*. De 1756 à 1763, la guerre de Sept Ans oppose la France et la Prusse alliée à l'Angleterre. Louis XV doit capituler et l'Inde, la Louisiane et le Canada passent à l'Angleterre.

*Une étrange scène eut lieu sur le champ de bataille. « Faites tirer vos gens », dit un lord anglais. « Tirez les premiers », répondit un comte français, dans un grand élan de politesse. Ce qui valut à 400 gardes de l'armée française de tomber sous le feu de l'ennemi !

Le siècle des Lumières

Au XVIIIe siècle, la France connaît un rayonnement exceptionnel. On parle de « siècle des Lumières ». Ses écrivains et ses savants sont connus dans l'Europe entière et jusqu'en Amérique. Des philosophes**

**« Philosophie » signifie « amour de la sagesse ».

comme Montesquieu, Voltaire, Rousseau et Diderot critiquent l'absolutisme monarchique et l'intolérance religieuse de l'époque. Ils prônent une nouvelle société, plus tolérante et meilleure.

Portrait de Jean-Jacques Rousseau. Maurice Quentin de La Tour. 1753.

L'Encyclopédie

La diffusion de ces idées nouvelles passe par le livre qui bénéficie des progrès de l'imprimerie. De nombreux philosophes et savants, entraînés par Diderot et d'Alembert, se lancent dans la rédaction de l'*Encyclopédie*, un gigantesque ouvrage de 28 volumes de textes et 11 volumes d'illustrations. Ils sont publiés entre 1751 et 1772. L'*Encyclopédie* vise à rassembler et à diffuser l'ensemble des connaissances humaines. Le projet connaît bien des difficultés et Diderot est même emprisonné, accusé par Louis XV de propager des idées dangereuses.

En 1721, les *Lettres persanes* de Montesquieu racontent la visite de deux Persans, en France, qui n'en croient pas leurs yeux. Jean-Jacques Rousseau, quant à lui, dans le *Contrat social* paru en 1762, affirme que l'homme est naturellement bon et que ce sont les inégalités de la société qui le rendent méchant…

Louis XV le « mal-aimé »

Les guerres ont à nouveau affaibli les finances royales. Un nouvel impôt est envisagé : il doit concerner toutes les couches de la population, y compris les nobles. Par ailleurs, une réforme de la justice est destinée à la rendre plus accessible et moins coûteuse. Mais ces réformes échouent, parce qu'elles touchent trop aux privilèges des nobles et de l'Église. Cela n'améliore pas la mauvaise image de Louis XV. Car depuis 1745, les critiques vont bon train à l'égard de ce roi qui a de nombreuses maîtresses*. Lorsqu'il meurt en 1774, il est devenu si impopulaire qu'on ne lui fait pas de funérailles publiques. Il est enterré à Saint-Denis, de nuit.

*L'une d'elle, la marquise de Pompadour, est la favorite officielle. Elle organise de nombreuses fêtes coûteuses qui contribuent à l'impopularité de Louis XV.

Le dernier roi de l'Ancien Régime

Quand il monte sur le trône, Louis XVI, le petit-fils de Louis XV, a 20 ans. Il aurait déclaré, au sujet de sa jeune épouse** et de lui-même : « Nous sommes trop jeunes pour régner. » Le roi aime les travaux manuels. Excellent cavalier, il apprécie également la chasse. En revanche, on le dit timide et indécis et peu intéressé par la lourde charge du pouvoir. Il ne sait pas soutenir de bons ministres comme Turgot, Necker et Calonne. Mais en quelques années, les finances de l'État sont épuisées. Marie-Antoinette, qui aime les fêtes, a dépensé sans compter. La France participe également, malgré ses difficultés économiques, à la guerre de

**À l'âge de 15 ans, on fait épouser à Louis XVI Marie-Antoinette d'Autriche pour réconcilier la France et la famille des Habsbourg.

Louis XVI. *Histoire de France des Écoles Primaires*, S. Viator et C. Francillon.

© RMN

Portrait de la reine Marie-Antoinette en costume de chasse. 1788. Musée national du château de Versailles.

l'Indépendance américaine*. Le peuple manque de tout et les années 1780 sont des années de famine et de chômage.

Les États généraux

En 1789, la France est au bord de la faillite : il faut trouver de l'argent. Louis XVI décide de convoquer les États généraux afin de faire voter de nouveaux impôts. L'Assemblée est réunie à Versailles au mois de mai. Elle se compose de représentants du clergé, de la noblesse et du tiers état**. Les Français attendent beaucoup de cette assemblée et partout dans le pays ils couchent par écrit leurs souhaits dans des « cahiers de doléances ». Chacun espère voir sa situation s'améliorer.

*De 1776 à 1783, la France apporte son aide aux 13 colonies anglaises d'Amérique qui se battent pour leur liberté. En 1783, le traité de Paris oblige l'Angleterre à reconnaître l'indépendance de ses colonies qui deviennent alors les États-Unis d'Amérique.

**C'est-à-dire de tous les autres Français.

Le serment du Jeu de paume. Jacques Louis David. 1791. Musée national du château de Versailles.

Le roi ayant fait fermer la salle où les représentants du tiers état s'étaient réunis, ceux-ci se rendirent dans une autre salle, dite du Jeu de paume (l'ancêtre du tennis), pour jurer « de ne jamais se séparer et de se rassembler partout où les circonstances l'exigeraient jusqu'à ce que la constitution du royaume fût établie ».

*Une constitution est un texte qui établit les rapports entre ceux qui gouvernent et ceux qui sont gouvernés et qui définit l'organisation des pouvoirs publics.

Vers la Révolution

Le 17 juin 1789, les représentants du peuple se réunissent à part et se proclament « Assemblée nationale ». Par cet acte, ils affirment représenter la nation et ils jurent de ne pas se séparer tant qu'ils n'auront pas donné à la France une constitution* : c'est le « serment du Jeu de paume ». Louis XVI ne se rend pas compte de la gravité de la situation et il commet plusieurs erreurs. À Paris, la révolte gronde. Le 14 juillet, le peuple s'attaque à la forteresse de la Bastille, symbole de la monarchie toute-puissante.

L'abolition des privilèges

Les députés de l'Assemblée nationale travaillent d'arrache-pied et, en quelques semaines, de nombreuses réformes sont mises au point. Le 4 août, les privilèges de la noblesse et du clergé sont abolis. Comme tout le monde, ils vont dorénavant devoir payer des impôts ! Le 26 août, la Déclaration des droits de l'homme et du citoyen est proclamée*. Le royaume est divisé en départements, la justice et l'administration sont réorganisées et simplifiées et les biens de l'Église sont mis « à la disposition de la nation » et deviennent biens nationaux. Toutes les religions sont autorisées. Les Français pour autant qu'ils paient des impôts élisent leurs députés.

*La Déclaration des droits de l'homme et du citoyen affirme que les hommes naissent et demeurent libres et égaux en droit.

La fin de la royauté

Le 5 octobre 1789, le peuple marche sur Versailles et ramène à Paris le roi, Marie-Antoinette et leurs enfants. Louis XVI semble accepter les réformes et il prête serment à la nation. À l'occasion de la fête de la Fédération à Paris, il jure de respecter la Constitution. Mais en juin 1791, la famille royale tente de quitter le pays. Elle est démasquée et arrêtée à Varennes, près de la frontière du nord-est, et ramenée sous bonne garde aux Tuileries. Le roi a désormais perdu la confiance des Français. L'année suivante,

Louis XVI prisonnier au Temple. *Histoire de France des Écoles Primaires,* S. Viator et C. Francillon.

les révolutionnaires prennent d'assaut les Tuileries et le roi est mis en prison. Le 21 septembre 1792, un décret proclame la République. La royauté est abolie, la monarchie s'efface.

Le procès du roi

Rapidement, la Convention nationale (qui succède à l'Assemblée législative) décide d'organiser le procès de Louis XVI. Il est jugé pour trahison et accusé de conspiration contre la liberté publique. Reconnu coupable, il est condamné à mort par 387 voix contre 344. Le 21 janvier 1793, il monte sur l'échafaud et sa tête tombe sous le couperet de la guillotine.

Le royaume de France en 1789

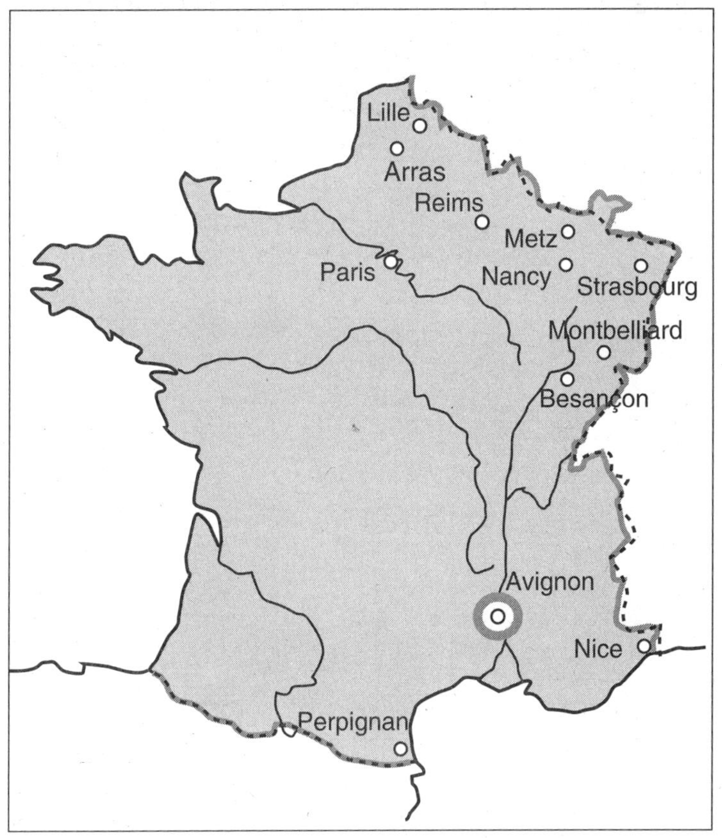

Limites du royaume
Royaume de France
Frontières actuelles

GÉNÉALOGIE DES BOURBONS

HENRI IV
1553-1610
roi de Navarre (1572-1610) - roi de France (1589-1610)
ép.2, en 1600, Marie de Médicis, fille du grand-duc de Toscane François (morte en 1642)

LOUIS XIII le Juste
1601-1643
roi de France (1610-1643)
ép. en 1615, Anne d'Autriche, fille du roi d'Espagne Philippe III (morte en 1666)

LOUIS XIV le Grand
1638-1715
roi de France (1643-1715)

ép. 1, en 1660, Marie-Thérèse, fille du roi d'Espagne Philippe IV (morte en 1683)

ép. 2, v.1683(?), Françoise d'Aubigné, marquise de Maintenon (morte en 1719)

LOUIS VII le Grand Dauphin
1661-1711
ép.1, en 1680, Marie-Anne de Bavière (morte en 1690)

Philippe
1640-1701
duc d'Orléans

PHILIPPE d'Orléans « Le Régent »
1674-1723
duc d'Orléans

LOUIS
1703-1752
duc d'Orléans

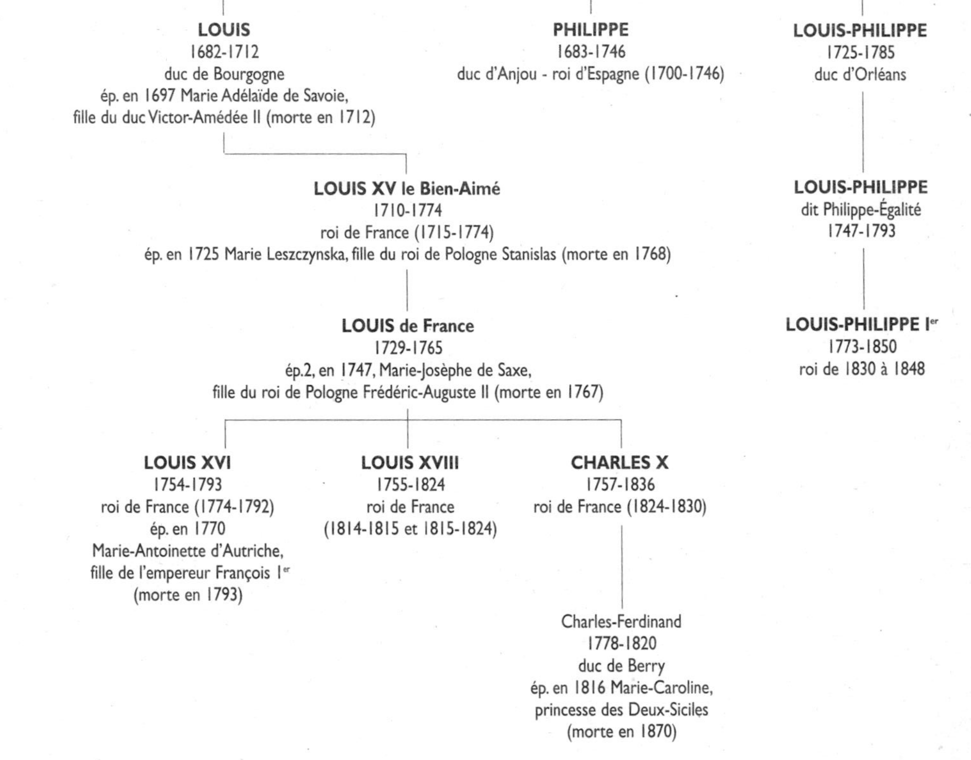
LOUIS
1682-1712
duc de Bourgogne
ép. en 1697 Marie Adélaïde de Savoie,
fille du duc Victor-Amédée II (morte en 1712)
PHILIPPE
1683-1746
duc d'Anjou - roi d'Espagne (1700-1746)
LOUIS-PHILIPPE
1725-1785
duc d'Orléans
LOUIS XV le Bien-Aimé
1710-1774
roi de France (1715-1774)
ép. en 1725 Marie Leszczynska, fille du roi de Pologne Stanislas (morte en 1768)
LOUIS-PHILIPPE
dit Philippe-Égalité
1747-1793
LOUIS de France
1729-1765
ép.2, en 1747, Marie-Josèphe de Saxe,
fille du roi de Pologne Frédéric-Auguste II (morte en 1767)
LOUIS-PHILIPPE Ier
1773-1850
roi de 1830 à 1848
LOUIS XVI
1754-1793
roi de France (1774-1792)
ép. en 1770
Marie-Antoinette d'Autriche,
fille de l'empereur François Ier
(morte en 1793)
LOUIS XVIII
1755-1824
roi de France
(1814-1815 et 1815-1824)
CHARLES X
1757-1836
roi de France (1824-1830)
Charles-Ferdinand
1778-1820
duc de Berry
ép. en 1816 Marie-Caroline,
princesse des Deux-Siciles
(morte en 1870)

6. Après la Révolution

Napoléon Ier.

EN 1804, APRÈS DES ANNÉES d'incertitudes politiques et plusieurs régimes successifs, Napoléon Ier devient empereur des Français. Si ce chef de guerre n'a rien d'un roi ni d'un Bourbon, il se comportera parfois en vrai monarque absolu ! Pendant 11 ans, il va diriger avec poigne un empire qui disparaîtra avec lui, en 1815.

De la Terreur au Directoire

À partir de 1793, la Révolution se transforme en une guerre civile qui oppose les

*Les « Montagnards » siègent en haut de l'Assemblée, « à la montagne ».

**Plusieurs d'entre eux ont été élus en Gironde.

Français entre eux. À l'Assemblée, les Montagnards*, comme Danton et Robespierre, souhaitent des mesures énergiques pour maintenir la république. Les Girondins**, quant à eux, estiment que la Révolution est terminée et refusent ce gouvernement.

Pendant l'été, les provinces se soulèvent. En Vendée, les paysans se révoltent. Attaquée de toutes parts, la république est en danger. Robespierre impose alors la Terreur. Les Vendéens sont massacrés et les suspects peuvent être arrêtés à tout moment et mis à mort. En juillet 1794, Robespierre est arrêté et guillotiné par les « modérés ». Un an après, une nouvelle constitution instaure le Directoire…

Danton (1759-1794). *Histoire de France des Écoles Primaires*, S. Viator et C. Francillon.

Robespierre (1759-1794). *Histoire de France des Écoles Primaires*, S. Viator et C. Francillon.

Du Directoire au Consulat

Quelques années plus tard, les Français sont lassés de la tourmente révolutionnaire et de la désorganisation du pays. Le Directoire n'a pas su rétablir l'ordre. Ils ont perdu confiance. Napoléon Bonaparte, dont les exploits militaires brillent depuis 1793, en profite pour prendre le pouvoir par un coup d'État militaire. Le 18 brumaire an VIII (9 novembre 1799), il renverse le Directoire et instaure un nouveau régime, le Consulat, dont il devient Premier Consul en 1800. En 1804, il se proclame empereur des Français sous le nom de Napoléon Ier.

L'Empire

Comme un roi, Napoléon se fait sacrer par le pape lors d'une cérémonie grandiose à la cathédrale Notre-Dame. Peu à peu, il adopte le comportement d'un souverain de l'Ancien Régime. Il distribue les royaumes à sa famille et aux hauts responsables civils et militaires, au gré de ses conquêtes. Il décide de tout, supporte mal la critique et il surveille de près la presse et même le théâtre. Les opposants royalistes ou révolutionnaires sont arrêtés.

Proclamation de l'Empire. Le 18 mai 1804, le Sénat proclame Bonaparte empereur héréditaire. *Histoire de France des Écoles Primaires*, S. Viator et C. Francillon.

Napoléon Bonaparte est né en Corse. Militaire de carrière, son ascension fulgurante commence en 1793 quand, après avoir repris Toulon aux Anglais, il est nommé général de brigade. En 1795, il écrase une insurrection royaliste à Paris. En 1796, il est nommé général en chef de l'armée d'Italie et vole de victoire en victoire. En 1798, il reçoit le commandement de l'expédition d'Égypte pour couper la route aux Anglais.

À partir de 1793, un nouveau « calendrier républicain » a été instauré. Il fut décrété que l'an I de l'ère nouvelle avait commencé le 22 septembre 1792. Les mois furent rebaptisés : vendémiaire, brumaire, frimaire, pluviôse, etc. Mais les Français ne se firent jamais à ce nouveau calendrier et Napoléon décida, en 1805, de revenir au calendrier traditionnel.

Napoléon Ier passant sur le Pont-Neuf le jour de son sacre.

J. Bertaux - © RMN

Le service militaire était obligatoire pour tous les Français âgés de 20 à 25 ans. Le recrutement se faisait par tirage au sort et il était possible d'être exempté si l'on avait les moyens de payer un remplaçant.

Un vrai chef militaire

Napoléon est avant tout un grand chef de guerre. Avec sa Grande Armée, il mène presque 15 ans de guerre continue contre les rois européens. Sans cesse, il repousse les limites de l'Empire français. Au début de son règne, il remporte de nombreuses victoires. En 1805, il écrase les armées autrichiennes et russes à Austerlitz. En 1806, la Prusse capitule à Iéna. L'année suivante, la Russie rend les armes à Eylau et à Friedland. Seule l'Angleterre résiste et, pour l'affaiblir, Napoléon tente un blocus qui interdit tout échange commercial.

Le temps des défaites

En 1811, l'Empire napoléonien s'étend sur plus de la moitié de l'Europe. L'année suivante, l'empereur se lance dans une grande campagne contre la Russie qu'il juge trop

La Campagne de France. Ernest Meissonier (détail). 1860-1864. Paris, musée d'Orsay.

favorable à l'Angleterre. Mais arrivée à Moscou, l'armée découvre une ville incendiée par les Russes eux-mêmes et elle doit battre en retraite. Les combats et le froid anéantissent la Grande Armée. C'est un désastre. Les rois européens profitent de cette défaite pour s'unir contre Napoléon. La Prusse puis l'Autriche lui déclarent la guerre en 1813. L'année suivante, il capitule à Leipzig et le 31 mars, Paris est envahi. Le 6 avril, Napoléon doit abdiquer et il se réfugie dans l'île d'Elbe, en Italie, un petit royaume que ses vainqueurs lui ont donné. La monarchie est restaurée : Louis XVIII, un frère de Louis XVI, est proclamé roi des Français.

Sur 600 000 soldats partis pour la Russie, moins de 100 000 sont rentrés en France.

Louis XVIII passant sur le Pont-Neuf.

Les Cent-Jours

Malgré son exil sur l'île d'Elbe, Napoléon ne renonce pas au pouvoir et prépare son retour. En mars 1815, il débarque à Golfe-Juan, en Provence, et remonte vers Paris sous les acclamations de la foule et des régiments envoyés pour l'arrêter ! À la fin du mois, il occupe le palais des Tuileries laissé vacant par Louis XVIII qui s'est enfui vers la Belgique. L'Empire est rétabli mais les rois européens reprennent aussitôt la guerre.

Louis XVIII. *Histoire de France des Écoles Primaires*, S. Viator et C. Francillon.

Battu à Waterloo le 18 juin 1815, après 100 jours de règne, Napoléon abdique à nouveau. Cette fois, les Anglais le déportent à Sainte-Hélène, une petite île perdue dans l'océan Atlantique, au large de l'Afrique*.

*Napoléon meurt à Sainte-Hélène en 1821, à l'âge de 51 ans. En 1840, ses cendres ont été ramenées en France et déposées aux Invalides, à Paris.

Île de Sainte-Hélène, résidence de Longwood.

7. Les derniers rois

APRÈS LA CHUTE DE L'EMPIRE, le roi Louis XVIII revient en France et retrouve son trône. En exil depuis la Révolution, il a préparé le rétablissement de la monarchie. Après lui, Charles X et Louis-Philippe vont essayer à leur tour de restaurer la monarchie. En vain.

Louis-Philippe.

La Restauration de la monarchie

À la Révolution, Louis XVIII s'est enfui en Italie, en Pologne puis en Angleterre. De retour en France, il sait qu'il n'exercera plus un pouvoir absolu comme au temps de son frère, Louis XVI. La monarchie n'est plus absolue mais constitutionnelle, c'est-à-dire qu'une Constitution régit les pouvoirs du souverain et l'oblige à gouverner avec deux assemblées. Pendant la durée de son règne, le roi tente de concilier les ultraroyalistes (les « ultras ») qui sont nostalgiques de la monarchie absolue, les partisans de la république et ceux qui regrettent l'Empire napoléonien.

La Chambre des députés et la Chambre des pairs limitent le pouvoir du roi. Les députés sont élus par les Français qui paient le plus d'impôts et les pairs héritent de leur fonction ou sont nommés par le monarque.

Le règne des « ultras »

Quand Louis XVIII meurt en 1824, son frère monte sur le trône sous le nom de Charles X. Chef de file des « ultras », il se fait sacrer à Reims pour renouer avec les traditions de l'Ancien Régime. Il fait voter une loi qui indemnise tous ceux qui ont été dépossédés de leurs biens par la Révolution. En 1830, quatre ordonnances sont décrétées qui aboutissent à la suspension de la liberté de la presse, à la dissolution de la Chambre nouvellement élue, à la modification de la loi électorale et à la convocation des électeurs pour le mois de septembre.

Les « Trois Glorieuses »

Le 27 juillet 1830, la révolte éclate et, pendant trois jours (les « Trois Glorieuses »), des barricades surgissent dans la capitale. Les émeutes contraignent le roi à abdiquer et il s'enfuit hors de France. Mais les députés ne sont pas prêts à accepter la république que revendique le peuple. Ils appellent alors sur le trône le cousin de Charles X, Louis-Philippe d'Orléans qui prend le nom de Louis-Philippe Ier, roi des Français*.

*Louis-Philippe Ier a été surnommé le « roi des barricades » car il devait sa couronne aux émeutes de Paris. C'était le fils de Philippe-Égalité qui avait voté pour la mort de Louis XVI et il avait lui-même combattu dans les armées de la Révolution.

Le roi Louis-Philippe remet les drapeaux à la Garde nationale de Paris et de la banlieue, le 29 août 1830. Joseph Désiré Court. Salon de 1836. Musée national du château de Versailles.

La monarchie de Juillet

Louis-Philippe Ier accepte la monarchie constitutionnelle, baptisée la « monarchie de Juillet », mais il se heurte bien vite aux

« ultras » comme aux républicains et son pouvoir est durement contesté. De nombreuses émeutes éclatent à Lyon et à Paris en 1831 et en 1832 qui sont réprimées dans le sang. La répression s'abat sur les républicains à qui Louis-Philippe Ier interdit de se réunir et de s'exprimer par les journaux. La chasse aux opposants est organisée par François Guizot, ministre des Affaires étrangères à partir de 1840 puis chef du gouvernement en 1847.

La révolution de 1848

En février 1848, Guizot interdit une nouvelle fois une réunion républicaine et les Parisiens se soulèvent, appelant à la révolution. À nouveau, des barricades se dressent dans les rues de la capitale. Bien que Guizot ait démissionné à la demande du roi, Paris s'enflamme après une manifestation qui tourne au drame, dans la nuit du 23 février. Le 24, c'est la révolution. Le peuple occupe l'Hôtel de Ville aux cris de « Vive la révolution ! ». Louis-Philippe, le dernier roi de l'histoire de France, n'essaie même pas de résister : il abdique et part se réfugier en Angleterre. À Paris, un gouvernement provisoire est mis en place en vue d'établir la république*.

Ne pouvant plus se réunir, l'opposition avait imaginé des « banquets » où les républicains pouvaient discuter de politique.

*10 mois plus tard, le 10 décembre 1848, aura lieu la première élection d'un président de la République par l'ensemble des citoyens.

Le Roi Louis-Philippe et ses fils devant le château de Versailles.
Horace Vernet. 1846.
Château de Versailles, galerie de Pierre, rez-de-chaussée de l'aile nord.

La fin de la monarchie

La monarchie disparaît en France, après 1 400 ans de sacres, de mariages, de batailles, de complots, de victoires, de défaites et de drames... Les Français cessent d'être les sujets du roi de France pour prendre leur destin en main. Au fil des siècles, au-delà du lien qui unissait le peuple et ses souverains, un sentiment est né. Celui d'appartenir à un même ensemble d'hommes et de femmes, une même « nation ». Les rois ont fait la France ; la nation leur survivra... Le roi est mort ! Vive le roi !

Les sites à visiter en France

Château-Gaillard
Les Andelys, Eure
Tél. : 02 32 54 41 93
Forteresse de Richard Cœur de Lion, duc de Normandie et roi d'Angleterre, construite en 1197, prise par Philippe Auguste en 1204.

Basilique de Saint-Denis
1, rue de la Légion-d'Honneur
Saint-Denis, Seine-Saint-Denis - Tél. : 01 48 09 83 54
À partir des premiers Capétiens, presque tous les rois y eurent leur sépulture.

Cathédrale de Reims
Place du Cardinal-Luçon, Reims, Marne
Tél. : 03 26 77 45 25
À partir du XIe siècle, tous les héritiers du trône, jusqu'à Charles X, vinrent s'y faire sacrer.

Château de Chambord
Chambord, Loir-et -Cher
Tél. : 02 54 50 40 00
Construit pour François Ier en 1519, à l'emplacement d'un ancien pavillon de chasse.

Château de Versailles
Versailles, Yvelines
Tél. : 01 30 83 78 00
Symbole royal à l'image de Louis XIV, la construction du château débuta en 1663.

Château d'Angers
Angers, Maine-et-Loire
Tél. : 02 41 87 43 47
Construit en 1230 par Louis IX, Henri III a fait décapiter les tours au XVIe siècle.

Château de Fontainebleau
Fontainebleau,
Seine-et-Marne
Tél. : 01 60 71 50 70
Lieu de chasse depuis le XIIe siècle, François Ier l'a remodelé à la Renaissance.

Château de Chenonceau
Chenonceaux, Indre-et-Loire
Tél. : 02 47 23 90 07
Demeure Renaissance, agencée au cours des siècles par les femmes qui l'ont habitée.

Château d'Amboise
Amboise, Indre-et-Loire
Tél. : 02 47 57 00 98
Château gothique et Renaissance où Louis XI vécu et où Charles VIII trouva la mort. Léonard de Vinci termina sa vie non loin de là, au Clos-Lucé (02 47 57 62 88).

Château d'Azay-le-Rideau
Azay-le-Rideau, Indre-et-Loire
Tél. : 02 47 45 42 04
Construit à partir de 1518, il est l'un des châteaux de la Loire les plus élégants.

Centre Guillaume-le-Conquérant
Bayeux, Calvados
Rue de Nesmond
Tél. : 02 31 51 25 50
Il abrite la tapisserie de Bayeux qui représente en 58 scènes la conquête de l'Angleterre par les Normands.

Château de Blois
Blois, Loir-et-Cher
Tél. : 02 54 90 33 33
Construit à partir du XIIIe siècle, il fut une résidence royale jusqu'en 1598.

BIBLIOGRAPHIE

BAILLEUX Nathalie et COPPIN Brigitte,
Atlas des Rois de France
Casterman, 1998

BÉLY Lucien,
Histoire de France
Éditions Jean-Paul Gisserot, 1997

COPPIN Brigitte,
Chez nous au Moyen Âge
Castor Doc/Flammarion, 1998

DUBY Georges,
Histoire de la France, des origines à nos jours
Larousse, 1999

DUROSELLE Geneviève et PRACHE Denys,
Les Rois de France
Hatier, 1998

GAUVARD Claude,
La France au Moyen Âge du Vᵉ au XVᵉ
PUF, 1996

GUINLE Jean-Philippe,
Les souverains de la France
Larousse, 1997

LAVISSE Ernest,
Histoire de France depuis les origines jusqu'à la Révolution
Tallandier, 1983

BIBLIOGRAPHIE

KORB Liliane et LEFÈVRE laurence,
9 récits de Paris
Castor Poche/Flammarion

COPPIN Brigitte,
Aliénor d'Aquitaine, une reine à l'aventure
Castor Poche/Flammarion

INDEX

Adoubement - 40
Alamans - 11
Alaric - 11
Albigeois (les) - 43
Aliénor d'Aquitaine - 39
Amboise - 69, 71, 74
Angleterre (roi de) - 40, 43, 48, 54, 55, 60, 62, 76
Anne d'Autriche - 88, 102
Anne de Bretagne - 68-69, 79
Armagnacs - 61
Arras (traité d') - 64
Artois - 67, 89
Assemblée nationale - 98
Austerlitz - 108
Austrasie - 12, 15, 18, 19, 32

Baillis - 41
Bastille - 98
Berthe - 22, 32, 36
Blanche de Castille - 44, 51
Boniface - 22
Boniface VIII - 46
Bourbons - 79, 81, 88, 101
Bourguignons - 61-63, 66
Brétigny (traité de) - 61
Burgondes - 9

Calvin - 72
Capet, Hugues - 30, 35-36, 50
Capétiens - 5, 30, 35-36, 43, 48
Carloman - 15, 22, 32
Carolingiens - 5, 16, 21, 30, 32
Catherine de Médicis - 73-74, 79
Catholiques - 75, 92
Cent Ans (guerre de) - 54, 61, 64, 67
Cent-Jours - 110
Chambord - 71
Charibert - 12
Charlemagne - 21, 23-26, 28, 31-32
Charles de France - 65
Charles de Lorraine - 73-74
Charles de Valois - 48
Charles II le Chauve - 28
Charles IV le Bel - 48, 51
Charles IX - 74, 79
Charles le Mauvais - 58-59, 61
Charles le Simple - 30
Charles le Téméraire - 66
Charles Quint - 70, 72
Charles V - 58-61
Charles VI - 61-62, 78-79
Charles VII - 62-65, 78
Charles VIII - 68-69, 78-79
Charles X - 103, 113-115
Childebert - 11, 18-19
Childéric Ier - 10

Childéric II - 15, 19
Childéric III - 16, 19, 21
Chilpéric Ier - 12
Chilpéric II - 12, 16, 19
Chrétien - 11, 23, 26, 38, 43, 45
Claude de France - 68
Clément V - 46
Clergé - 24, 46, 97, 99
Clodomir - 11, 12,18
Clotaire - 11-12, 18
Clotaire II - 13, 16
Clovis - 9-13, 15, 17-19
Clovis II - 15, 19
Colbert - 89-90
Concino Concini - 85
Conjuration d'Amboise - 74
Constitution - 98-99, 106, 114
Convention nationale- 100
Croisade - 37, 39-40, 42-43, 45

D'Alembert - 95
Dagobert - 13-15, 19
Danton - 106
Dauphin - 57, 59, 62-63, 92, 102
Déclaration des droits de l'homme et du citoyen - 99
Directoire - 105-106
Duché - 66, 68-69
Dupes (journée des) - 87
Dynastie - 5, 10, 16, 21-22, 30, 36, 48, 53, 75, 78-79, 81

Édit d'Alès - 86
Édit de Nantes - 82, 86, 91
Édouard II - 48
Édouard III - 53-56, 59-60
Édouard VI - 64
Elbe (île d') - 109-110
Empire - 16, 22, 26, 28, 31, 105, 107-108, 110, 113-114
États généraux - 55, 57, 59, 97
Étienne II - 22, 78
Eudes - 30, 32
Europe - 24, 27, 56, 64, 67, 70, 72, 87, 90, 93-94, 108
Eustrasie - 15
Évêque - 11, 13, 22, 24, 35, 40, 43
Exil - 110, 112

Fédération (fête de la) - 99
Ferdinand - 72
Ferdinand III - 87
Fleury (cardinal de) - 93-94
Fontenoy (bataille de) - 94
François de Guise - 73-74
François Ier - 70-71
François II - 73
Francs - 9-10, 12-13, 17-20, 27, 32, 38, 43, 50

Frédégonde - 12-13, 18
Fronde - 88, 91

Gabelle - 56
Galswinthe - 12-13
Girondins - 106
Godefroy de Bouillon - 38, 70
Grande Armée - 108-109
Guillaume le Conquérant - 37
Guillotine - 100
Guizot, François - 116
Gutenberg - 67-68

Henri de Bourbon - 81
Henri Ier - 36
Henri II - 41, 72-74, 79
Henri III - 75, 79, 81
Henri IV - 78, 81-85, 91, 102
Henri V - 61
Hospice des Quinze-Vingt - 44
Huguenots - 71

Impôt - 47, 55-56, 59, 65, 88, 92, 95, 97, 99, 114
Isabeau de Bavière - 62, 78

Jacquerie - 58-59
Jacques Cartier - 71
Jacques Cœur - 65
Jean II le Bon - 56, 59-60, 78
Jeanne d'Arc - 62-63
Jérusalem - 38-39, 45
Jeu de Paume (serment du)- 98
Judith de Bavière - 26
Justice - 41, 95, 99

Léon III - 23
Léonard de Vinci - 67, 71
Ligue du Bien public - 65
Lombards (les) - 22-23, 32
Lothaire - 26, 31-33
Louis d'Orléans (Louis XII) - 69
Louis II le Bègue - 28
Louis IX - 44-46, 51
Louis le Pieux - 25-26
Louis V le Fainéant - 32
Louis VI - 38-39, 50
Louis VII le Jeune - 39
Louis VIII le Lion - 43, 51
Louis X le Hutin - 47, 51
Louis XI - 64-68, 78
Louis XIII - 84-87, 102
Louis XIV - 81, 88-93, 102
Louis XV - 92-96, 103
Louis XVI - 13, 95-96, 98-100, 103, 109, 113, 115
Louis XVIII - 103, 109-110, 113-114
Louvois - 90

Lumières (siècle des) - 94
Luther - 72, 92

Marcel, Étienne - 59
Marguerite de Bourgogne - 47-48
Marguerite de Valois
(la reine Margot) - 83
Marie de Bourgogne - 66
Marie de Médicis - 83-85, 87, 102
Marie-Antoinette- 96-97, 99, 103
Marie-Thérèse d'Autriche - 89
Martel (Charles) - 16, 22, 51
Maximilien d'Autriche - 67
Mazarin (cardinal) - 88-89
Mérovée - 10, 18
Mérovingiens - 5, 9, 13, 15-16, 18
Michel-Ange - 67
Monarchie de juillet - 115
Montagnards - 106

Napoléon Bonaparte - 106-107
Necker - 96
Neustrie - 12, 18-19
Noblesse - 25, 30, 59, 89, 97, 99
Normandie - 30, 37, 40,43, 55, 62, 64

Orléans - 18, 32, 61-63, 69, 78-79, 93, 102, 115

Palestine - 38
Pape - 16, 22-23, 37, 39, 43, 46-47, 57, 72, 107
Parlement - 44, 85, 88
Pépin - 16, 22, 26, 32
Pépin de Herstal - 15-16
Pépin le Bref - 16, 19, 22
Philippe Auguste II - 41-43
Philippe d'Évreux - 53
Philippe d'Orléans
(Louis-Philippe Ier) - 93, 115
Philippe Ier - 37-38
Philippe II - 72, 79
Philippe III le Hardis - 51
Philippe IV d'Espagne - 87
Philippe le Bel - 35, 46-48, 53
Philippe V le Long - 47, 51
Philippe VI - 54-56
Philippe VI de Valois - 53-54, 56, 78
Philippe-Égalité - 115
Poitiers - 10, 16, 57
Pompadour (marquise de) - 96
Première République - 81
Prince noir (le) - 56, 60
Protestant - 81

Régence - 44, 54, 74, 85, 88, 93
Reims - 10, 18, 41, 47, 63, 114

Religion (guerre de) - 73-74, 82
Renaissance - 24, 67, 71-72
République - 25, 100, 105, 114-116
Révolution - 5, 45, 98, 105-106, 113-116
Richard Cœur de Lion - 41-43
Richelieu (cardinal de) - 85-88
Robert Ier - 30
Robert II - 35, 50, 78
Robert le Fort - 29-30
Robert le Pieux - 36
Robespierre - 106
Roland - 23, 70
Rollon - 30
Rouen - 42, 63, 72

Sacre - 21, 36, 108
Saint-Barthélemy (massacre de la) - 74
Saint-Denis (abbaye) - 14, 43
Sainte Ligue - 75
Sainte-Hélène (île de) - 111
Saxe - 23, 33, 103
Saxons - 23
Seigneur - 29, 40, 76
Sénéchaux - 41
Sept Ans (guerre de) - 94
Sigebert - 12-13, 18-19
Sully - 82-83, 85

Taille - 47, 83
Templiers - 47
Terreur - 27, 105-106
Thierry III - 15
Thierry IV - 16, 18
Tolbiac (bataille de) - 11
Trente Ans (guerre de) - 87
Trois glorieuses - 114
Troyes (traité de) - 62
Tuileries (palais des) - 99-100, 110

Ultraroyalistes - 114
Urbain II - 37

Valois - 5, 48, 53-54, 56, 75, 78-79, 81, 83,
Vassal - 29, 40
Vauban - 90
Verdun (traité de) - 26
Versailles (chateau de) - 89, 91, 97-98, 115, 117

Waterloo - 111
Wisigoths - 9, 18

Cet
ouvrage,
le trente-quatrième
de la collection
Castor DOC,
a été achevé d'imprimer
sur les presses de l'imprimerie
Maury Eurolivres
Manchecourt - France
en août 1999

Dépôt légal : septembre 1999.
N° d'Édition : 3852. Imprimé en France.
ISBN : 2-08-163852-5
ISSN : 1275-6008
Loi n° 49-956 du 16 juillet 1949
sur les publications destinées à la jeunesse